Rasa Aškinytė

Kleines Bernstein

Rasa Aškinytė

Kleines Bernstein

Roman

Aus dem Litauischen von
Markus Roduner

mitteldeutscher verlag

Die Originalausgabe erschien 2016 unter dem Titel
»Glesum« bei Vaga, Vilnius, Litauen.

Die Übersetzung des Buches wurde gefördert vom
Lithuanian Culture Institute (LCI) in Vilnius.

LKI Lietuvos kultūros institutas

Deutsche Erstausgabe 2021

www.mitteldeutscherverlag.de

Gesamtherstellung: Mitteldeutscher Verlag, Halle (Saale)
Lektorat: André Schinkel, Halle (Saale)
Layout und Satz: Stefanie Bader, Leipzig

Umschlagabbildung: © iStock – o-che, Baksiabat

ISBN 978-3-96311-474-8

Printed in the EU

Der Siegerin gewidmet

So war es nicht, aber so hätte es sein können.

I.
ALPHA URSAE MINORIS
oder
DER POLARSTERN
IM KLEINEN BÄREN

Der Polarstern ist der hellste Stern im Kleinen Bären und, wenn man es genau nimmt, ein Dreifachsternsystem, bestehend aus einem großen Stern mit zyklisch sich ändernder Helligkeit und seinen zwei Begleitern. Einer dieser Begleiter ist 17-mal weiter vom Hauptstern entfernt als die Erde von der Sonne und umkreist jenen in dreißig Jahren, während der andere in 2.400-facher Erde-Sonne-Entfernung für eine Umkreisung 42.000 Jahre braucht.

Der Polarstern ist dem nördlichen Himmelspol am nächsten und nimmt, was die Helligkeit betrifft, den 48. Platz unter den Sternen im bekannten Universum ein. Er leuchtet 45.000-mal heller als die Sonne und hat die 45-fache Größe. Man sieht ihn das ganze Jahr über von jedem Ort der Nordhalbkugel aus an derselben Stelle. Als Navigationsstern hilft er Reisenden bei der Feststellung der Richtung. Um den Polarstern kreisen der Große und der Kleine Bär sowie weitere Sterne, deshalb hielt man ihn in alten Zeiten für das Zentrum des Himmels. Seine Entfernung zur Erde beträgt 432 Lichtjahre.

1. Schnee

Der Schnee lag so hoch, dass die Frau fast bis zum Knie einsank. Auch die Pelze, die sich um die muskulösen, mit Fellen umschnürten Beine flochten, störten beim Gehen. In einer Schulter der Frau klaffte eine tiefe Wunde, aus der ganz langsam Blut sickerte. Noch bevor die roten Tropfen den Boden erreichten, verschlang sie auch schon die blendende Weiße des Schnees.

Die Frau war mutterseelenallein. Sie wusste, dass sich im Umkreis, den sie mit ihren Sinnen erfassen konnte, kein anderer Mensch befand. Sie hätte ihn sonst gewittert oder gehört. Ihr Zuhause hatte sie weit hinter sich gelassen. Sie wusste, in welche Richtung sie gehen musste, konnte sich ausgezeichnet orientieren. Die anderen zu finden gehörte zu den Grundvoraussetzungen fürs Überleben, deshalb marschierte die Frau schon seit Tagen unbeirrbar nach Hause. Sie fühlte sich hungrig und erschöpft, doch sie durfte nicht anhalten. Schlaf hieß Tod.

Rundherum nichts auszumachen, nur Schnee, Schnee und nochmals Schnee. Und Wölfe. Noch kamen sie nicht gefährlich nahe, drehten nur in einigem Abstand ihre Runden um sie. Die Nüstern der Frau weiteten sich, sie schnupperte schweigend die Luft, erfüllt von Grausamkeit und dem Instinkt, um jeden Preis zu überleben.

Die Frau hatte keine Angst. Dieses Land war nie das ihre gewesen, hatte ihr niemals gehört. Ebenso wie ihr Leben.

Die Frau wusste nicht, wie man trauert. Und auch nicht, wie man weint. Oder Erbarmen zeigt. Und auch nicht, wie man wartet oder hofft. Das Einzige, von dem sie etwas verstand, war zu kämpfen und zu leben. Sie konnte dem Wolf direkt in die Augen sehen, aus dem Atem und dem Herzklopfen schließen, wer stärker ist.

Die Wölfe kamen immer näher, schlichen sich mit immer mehr Mut an. Sie sah ihre großen grauen Körper. Leises Knurren und blendendes Weiß.

Die Frau hob einen großen Knüppel vom Boden auf, drückte ihn fest in ihrer gesunden Hand zusammen, atmete aus und hieb mit aller Kraft auf den am nächsten bei ihr stehenden Wolf ein.

Es schneite immer stärker.

2. Wasser

Selija öffnete die Tür. Sonne und Schnee blendeten, sie hielt die Hände vor die Augen. Die Hälfte eines Fingers bedeckte ein Ring mit der Gestalt einer Schlange. An Silber mangelte es Selija nicht, ihr Mann Gondas brachte viel davon mit. Und bunte Glasperlen. Selija konnte bei den örtlichen Handwerkern Halsketten, Broschen oder Armreife für sich bestellen, wann immer sie Lust hatte. Und das tat sie auch – sollten doch alle sehen, dass es ihr an nichts mangelte. Sollten das doch nur alle denken.

Selija rückte ihren Mantel zurecht. Der Pelz rutschte ihr runter, deshalb durchstach sie ihn voller Ärger mit einer Messingnadel und befestigte ihn am groben Wollstoff. Man sollte den Pelz nicht durchlöchern, aber was soll's, sie würde ihn den Armen hinwerfen und sich einen neuen nehmen. Die Wagen ihres Mannes Gondas waren immer mit Pelzen gefüllt, die er von den Jägern der Gegend eingesammelt und zum Abtransport vorbereitet hatte. Selija durfte sich ohne zu fragen jeden Pelz nehmen, den sie gerade begehrte, Gondas war nie böse auf sie. Gondas war gut, Gondas beschützte sie, Gondas hatte einen Draht zu den Göttern, Gondas kehrte immer zu ihr zurück, Gondas war ein schöner Mann mit langem, strohfarbenem, auf dem Scheitel zusammengebundenem Haar, blauäugig wie alle unsere Männer, aber auch wieder nicht wie alle anderen, eine Narbe teilte Gondas' Gesicht in zwei Teile. Gondas sagte, auf dem Weg nach Carnuntum hätten ihn Burgunden überfallen und ihm alles wegnehmen wollen, doch er, Gondas, und seine Leute hätten das nicht zugelassen, es habe fürchterlich geregnet und geblitzt, Gondas wusste selbst nicht, ob der Blitz oder das Schwert eines Burgunden sein Gesicht entzweigeschnitten hatte. Von dieser Reise kehrte Gondas lange nicht zu ihr zurück, er sagte danach, die Wunden seien lange nicht geheilt. Gondas war gut, Gondas hatte ihr einen großen Silberarmreif mitgebracht, der ihre Hand absinken ließ.

Kirnis brachte mehr Brennholz, Selija wollte ihm sagen, es reiche jetzt, es sei schon heiß drinnen, aber Kirnis ließ sich nichts sagen, Kirnis war alt, er hatte schon im Haus von Gondas' Eltern Feuer gemacht. Alle sahen, dass Kirnis zu alt zum Arbeiten war, aber das konnte man ihm nicht sagen, er tat, was er wollte, ging schweigend, ein alter Krieger, obwohl er schon lange kein Schwert mehr zu heben vermochte, nur drei Scheite, um Feuer zu machen. Seinen Wildschweinanhänger nahm er nie vom Hals, was immer auch geschah, als wäre er auch hier, am Feuer, auf den Schutz der Göttermutter angewiesen, wie im Kampf gegen die Germanen.

Erst als sie das Blut sah, begriff Selija, dass sie sich in den Finger gestochen hatte. Sie leckte das Blut ab, warf einen Blick auf den Hof, um sich zu überzeugen, dass sich nichts geändert hatte. Die Sonne stieg immer höher, vermutlich schneite es zum letzten Mal. Selija holte tief Luft, sog den Schnee und die Kälte in die Lunge. Ihre Finger runzelten sich, Selija rückte den Pelz zurecht. Sie sollte die Tür schließen, die Hitze von drinnen und die schaudernde Kälte vermischten sich, wirbelten im Kreis um Selija; ihr gefiel dieses Leben nicht, das sie nicht im Griff hatte: Ihr Mann, Gondas, war gut, aber er hatte eine andere Frau mitgebracht.

War mit ihr und mit der Narbe im Gesicht zurückgekehrt.

Er war lange weg gewesen, hatte gesagt, die Narbe stamme von den Burgunden, und Selija glaubte ihm; wem sonst, wenn nicht ihm, hätte sie denn glauben sollen.

Wenn er sich nach Carnuntum aufmachte, füllte Gondas die Wagen jeweils bis oben hin mit Pelzen, Honig, Bernstein. Von dort brachte er Silber, Kupfer, Blei und Zink mit; Selija wusste nicht, was das war, also ging sie hin und sah nach, bekam jedoch nichts Besonderes zu Gesicht, nur voll beladene Wagen. Er brachte auch Männer mit, jung, doch vom langen Fußmarsch ermattet – wenn man sie angriff und ihnen alles wegzunehmen versuchte, fingen Gondas und seine Männer die Überlebenden ein und banden sie an einem Wagen an oder verkauften sie, einige opferte man auch der Göttermutter.

Er brachte Männer mit, jetzt aber hatte er eine Frau mitgebracht.

Kirnis drängte sich an Selija vorbei durch die Tür, wohl schon ganz blind, ging langsam über den Hof davon; er war bei der Reise nicht dabeigewesen, ihn konnte sie nicht fragen.

Das war noch gar keine Frau, sondern ein Kind. Er hatte sie auf dem letzten Wagen mitgebracht, Selija hatte mit eigenen Augen gesehen, wie sie ausstieg. Mit einer Leichtigkeit, die zeigte, dass sie noch ganz jung war. Sie, Selija, könnte nicht mehr so vom Wagen springen, das entspräche weder ihrem Alter noch ihrer Stellung. Selija ballte die Faust, die Fingernägel bohrten sich in ihre Hand. Sie könnte nicht mehr so herunterspringen. Nicht mehr. Sie drückte die Faust noch stärker zusammen. Als sie sie wieder öffnete, sah sie vier bogenförmige Abdrücke, die erst nach mehreren Stunden verschwanden – früher verschwanden sie sofort, jetzt nicht mehr.

Jene Frau aber, dieses Kind, schaute sich um, hielt sich am Wagen fest, als fiele sie zu Boden, wenn sie losließe. Vielleicht würde sie das ja wirklich, sie war so lange gefahren, wahrscheinlich ohne auszusteigen, niemand hatte sie rausgelassen. Sie schien verängstigt und zur Verteidigung bereit. Der Blick eines gefangenen Jungwolfs. Sollte sie sich ruhig fürchten, sie, Selija, aber hätte keine Angst, wovor auch?

Die Männer luden die Sachen auf, sie schenkten den beiden Frauen keine Aufmerksamkeit. Selija tat so, als würde sie die Ladung prüfen und kam dem letzten Wagen immer näher. Sie wollte das gar nicht, aber sie tat es. Man kann den Feind nicht besiegen, wenn man ihn nicht kennt. Die Männer riefen einander immer wieder etwas zu, mehr Helfer herbei; Gondas hatte viele Männer, die Krieger durften zu ihren Frauen und Kinder gehen, die Speere und Schilde an die Wänden stellen, sie hatten ihre Arbeit getan, die Ladungen und Gondas sicher nach Hause gebracht.

Gondas war ein guter Mann, er hatte Selija einen großen Silberarmreif mitgebracht, in der Mitte schmal, aber zu den Enden hin breiter; er hatte ihn ihr über die Hand gestreift, sein Gewicht ließ sie absinken. Selija berührte die Narbe, Gondas wich zurück. Er war noch nie vor ihr zurückgewichen, doch jetzt tat er das. Selija versuchte es noch einmal, aber Gondas wandte sich um und ging. Die Männer türmten die Waren zu riesigen Haufen auf, sie wussten, sie könnten später wiederkommen, um sich ihren Anteil zu nehmen, Gondas war gut, er würde alle gerecht entlohnen, sowohl die Mitgereisten als auch die Hiergebliebenen.

Die Frau, das Beinahe-Kind, war anders. Sie hatte kein strohfarbenes, sondern leuchtend braunes Haar, gewellt, und hellbraune, glasklare Augen.

»Das ist Glesum«, sagte Gondas.

Selija zuckte zusammen, sie hatte gar nicht gespürt, wie er nähergekommen war; der Name ließ sie zusammenzucken, so einen hatte sie noch nie gehört, solches Haar, solche Augen, diesen Blick eines verängstigten Wolfjungen noch nie gesehen.

»Sie ist stumm, niemand hat je ihre Stimme gehört, du kannst sie nichts fragen«, sagte Gondas.

»Das sehe ich selbst«, erwiderte Selija.

›Sie sollte besser nicht bei uns wohnen‹, dachte sie bei sich. Besser wäre, sie würde überhaupt nicht leben, dachte sie.

Das Pferd schüttelte sich, weil die Mücken es von allen Seiten angriffen, und stürzte den Bottich um, das Wasser ergoss sich immer weiter, endlos. Selija kam es so vor, als würde sich auch ihr Leben genauso ergießen, mir nichts, dir nichts im Boden versickern, während das Pferd dem Bottich einen Tritt versetzte und ihn in unbestimmte Weiten davonfliegen ließ.

Glesum klammerte sich fest an den Wagen, die Männer machten einen Bogen um sie, schubsten sie nicht herum. Sie beruhigte sich ein wenig, alle kamen zur Ruhe, und allmählich kehrte das Leben in seine gewohnten Bahnen zurück.

3. Blut

Selija bog die Finger um, sie zählte die Tage. Es waren wirklich zu viele, das Blut der Menstruation zeigte sich nicht, Selija begriff, dass geschehen war, was nicht hätte passieren dürfen. Sie hatte schon einen Sohn von Gondas, Bentis, über zehn Winter alt; und wenn die Schneeschmelze käme, wenn Tag und Nacht gleich lang wären, würde er erwachsen genug sein, um als Krieger und einer der Stammesführer in die Fußstapfen seines Vaters zu treten.

Selijas Sohn Bentis kam im ersten Winter zur Welt, kaum dass sie zu Gondas gezogen war. Bentis war ihr ganzes Leben, mehr Leben hatte sie nicht. Jetzt war sie noch einmal schwanger, das Blut zeigte sich nicht, obwohl Selija es herbeizurufen versuchte. Die Tage vergingen, die Abende jagten die Morgen, Selija musste sich beeilen, denn wenn das Kind sich zu bewegen begann, war es zu spät, es herauszuholen.

Selija klopfte an, eine alte Frau, die mit einem Bein voller vernarbter Wolfsbisse humpelte, das wohl noch immer schmerzte, obwohl es längst verheilt war, machte die Tür auf. Die beiden Frauen gingen hinein, die Hütte war klein, für einen Menschen reichte der Platz aus, zumal für ein altes Weib mit Wolfsbissen an einem Bein.

An den Wänden hingen überall Kräuter zum Trocknen, es roch streng nach Wundsalben, die die Alte selbst gemischt hatte. Drinnen bekam man kaum Luft, der stickige Dunst getrockneter Pflanzen und kochenden Schweinefetts, vermischt mit dem von Blättern, drang in Selijas Herz. Ihr wurde speiübel, der Boden unter ihr geriet ins Wanken, drehte sich, die Pflanzen erwachten zu neuem Leben, die vertrockneten Blüten öffneten sich, die Zweige streckten sich in die Länge und wanden sich um Selijas Beine.

Als sie erwachte, lag sie auf dem schmutzigen Lehmboden, mit einem abgetragenen Pelz zugedeckt. Die Alte hielt ihr etwas scharf Riechendes vors Gesicht, Selija drehte den Kopf weg, damit es nicht so in den Augen brannte. Da könnte sie ja blind werden! Diese Alte mit den Wolfsbissen am Bein war zu allem fähig. Sie konnte mitten im Sommer Wasser zu Eis gefrieren lassen, indem sie ihm Kräuter beigab. Sie wusste, wie man Leichname so präparierte, dass sie bis zum Begräbnis frisch blieben. Sie heilte die Wunden der Männer, strich sie mit allem möglichen ekelhaften Zeug ein, sodass sogar gestandene Männer sich übergaben, doch die Wunden verheilten. Sie verband gebrochene Beine und hieß die Patienten, dreißig Nächte liegenzubleiben, manchmal auch zweimal dreißig, dann konnte man wieder gehen, seine Arbeit verrichten, als wäre nichts gewesen. Sie linderte Husten und Fieber, verwandelte Schmerz in Ruhe, erweckte Tote zum Leben, machte Lebende tot.

Ihr Bein mit den Wolfsbissen hatte sie selbst geheilt, nachdem die Kinder sie mit vereinten Kräften nahezu ohne einen

Hauch von Leben aus dem Wald getragen hatten, ihr Blut war schon herausgeflossen; wieder zu Hause, sagte sie, mit welcher Salbe die Kinder das Bein einstreichen sollten, das taten sie immer wieder, mit sehr viel Salbe, sie hatte es ihnen so befohlen, sie strichen sie immer weiter ein und würgten dabei wegen des Gestanks und ob des Anblicks der herunterhängenden Fleischfetzen. Dann hieß sie sie noch, die Beine mit Leinenlumpen zu verbinden, sie hatte welche bereitgelegt, aber nicht gedacht, dass sie für sie selbst wären – sie richtete alles für andere, aber siehe da, jetzt brauchte sie es selbst. Die Kinder verbanden das Bein, die Frau schlief ein, die Kinder gingen nach Hause und vergaßen das Ganze. Die Wölfe griffen oft an, bissen die alten Frauen, wenn sie sich zu weit von zuhause entfernten. Wenn sie nicht starben, versuchten sie sich auf alle möglichen Arten zu heilen, aber das gelang ihnen nur sehr selten, meist kamen sie zur Göttermutter und fielen dem Vergessen anheim. Die Kinder hatten nur selten Mitleid mit den alten Frauen, die Kinder hatten das Leben lieber als den Tod.

Auch diese Alte vergaßen die Kinder, doch eines Tages erinnerte sich eines von ihnen an sie und schaute bei ihr vorbei, sie war putzmunter, nur noch älter als zuvor, und zog das Bein nach. Sie humpelte erneut durch die Wälder und über die Wiesen, sammelte Pflanzen, denn wer sollte das an ihrer Stelle für sie tun?

Selija weinte, sie wusste selbst nicht, warum. Man erzählte sich im Dorf, in der Hütte der Alten würden alle weinen. Die einen um die Toten, die anderen um die Lebenden, denn aller Wunden seien gleich, man sollte sie nicht vergleichen.

Die Frau streichelte Selijas Kopf, und alles kam zur Ruhe, der Schmerz verschwand, die Angst war weg, die Übelkeit, selbst sie war wie verflogen.

»Wozu bist du hergekommen, Selija?«, fragte die Frau.

»Deinem Kind geht es gut und auch dir, du kannst ruhig nach Hause gehen, du brauchst nichts, du hast alles.«

»Ich habe alles«, pflichtete Selija ihr bei.

»Aber du bist hergekommen, als würde es dir an etwas mangeln«, sagte die Frau.

Selija sah ein, dass die Frau alles wusste. Sie wusste, dass sie das Kind nicht brauchte. Selija ärgerte, dass sie ihr nicht einfach von diesem Gebräu gab und sie wegschickte.

»Selija, du wirst die Göttermutter erzürnen. Tu das nicht, Selija.«

Selija lachte nur schallend.

»Selija, ich werde dir diesen Trunk nicht zubereiten, nicht einmal für alles Silber, das dein Mann schon besitzt oder noch mitbringen wird.«

Selija lachte. Sie hatte noch nie davon gehört, dass Silber Herz und Gedanken nicht milder stimmte, die Gottesfurcht nicht verringerte.

»Selija, du hast alles, ich habe nur ein Bein voller Wolfsbisse. Aber ich brauche nicht mehr«, sagte die Frau ganz ruhig.

›Den Menschen, dem es an nichts fehlt, gibt es nicht‹, dachte Selija bei sich. ›Auch du, Alte, hättest gern etwas.‹

»Ich werde Gondas sagen, er soll dich in den Wald werfen, dann hast du niemanden mehr, für den du deine stinkenden Salben zubereiten kannst; niemand wird dich mehr brauchen, dann kannst du die Wölfe heilen, die dir das Bein zerfleischt haben.«

»Selija, du wirst die Göttermutter erzürnen. Tu das nicht, Selija.«

»Mein Mann Gondas ist stark und reich. Ich kann machen, was ich will.«

Die alte Frau zuckte zusammen. Sie konnte alles, aber Selija überstieg ihre Kräfte. Selija besaß weder Herz noch Verstand, Selija konnten nicht einmal ihre allerbesten Salben helfen.

Die Frau humpelte, das Bein mit den Wolfsbissen hinter sich herziehend, zur Wand, nahm eine gute Handvoll getrockneten Stechapfel, Bilsenkraut, dazu je ein paar Zweige vom einen und anderen Kraut, Samen und kochte alles zusammen auf. Sie rührte nicht um, diesen Trunk durfte man nicht rühren.

Dann goss sie ihn in ein kleineres Tongefäß, ein hübsches, das sie erst kürzlich getöpfert hatte, zusammen mit allen Kräutern, verbeugte sich vor der Göttermutter, verzeih mir, wir haben nicht immer die Wahl, und reichte Selija das Gefäß.

Das Blut erschien, und das Leben kehrte in seine gewohnten Bahnen zurück. Den restlichen Trunk goss Selija nicht weg, sondern bewahrte ihn für das nächste Mal auf.

4. Nebel

Kirnis trug ein weiteres Bündel trockenes Brennholz herum, das er selbst hackte und zu so großen Scheiterhaufen aufstapelte, dass es für all die Winter reichen würde, die ihm noch blieben. ›Warum nur schleppst du, Kirnis, du alter Krieger, Brennholz durch die Gegend, wie oft haben wir dir doch schon gesagt, dass du das Deine getan, dem Anführer nach Kräften gedient hast. Dein Schild und dein Speer stehen an die Wand gelehnt in deiner Hütte und warten darauf, mit dir im Grab ihre letzte Ruhe zu finden.‹ Aber was konnte man einem Greis schon sagen, welcher uralte Greis würde denn auf einen hören?

Kirnis zwängte sich mit einem weiteren Bündel Brennholz an Selija vorbei durch die Tür, an einem Fuß ein luxuriöser Lederstiefel, unterhalb des Knies zugeschnürt mit einem Riemen, dessen Schnalle glänzte, und Glöckchen daran, die leise klingelten – klingeling –, wenn Kirnis langsam seine alten

Beine anhob, ein luxuriöser Lederstiefel, den Kirnis einem Germanen vom Fuß genommen hatte, nachdem er zuvor seine Brust mit seinem langen, meisterhaft gefertigten Speer durchbohrt hatte. Kirnis sagte, da sei auch ein anderer Schuh gewesen, vom selben Germanen, genauso schön, gleichfalls aus Leder, mit Riemen und Anhängern, sogar die Bewohner anderer Siedlungen seien gekommen, um ihn sich anzusehen, so schön und einzigartig sei er gewesen, nur glaubt ihm das kaum einer mehr, denn Kirnis' anderes Bein war mit Pelzen umwickelt, sowohl im Sommer als auch im Winter, Kirnis war weder kalt noch heiß, doch die Anhänger bimmelten immer – klingeling.

»Kirnis, du lieber Kirnis, du uralter Greis, wo ist denn dein Schuh, wo ist dein Verstand?«

»Verbrannt«, erwiderte Kirnis, er sagte immer dasselbe.

»Wirklich verbrannt«, sagten die Älteren, die sich noch daran erinnerten. Damals, vor langer Zeit, als Gondas noch nicht gehen konnte und sich erst langsam auf die Beine stellte, erhielt sein Vater eine Nachricht, ob gut oder schlecht, weiß allein die Göttermutter. Julian, der für Kaiser Nero die Gladiatorenkämpfe veranstaltete, hatte Gesandte an die Ostseeküste geschickt, um Bernstein für ihn zu erwerben. Eine Gruppe Reiter, einige Händler und viele weitere Männer waren schon seit einer Woche am Meer unterwegs und tauschten allen Bernstein, den die Küstenbewohner gefunden hatten, gegen Geld ein. Man sagte, sie seien vierzig Tage lang ohne Rast gereist und deshalb wütend und erschöpft angekommen, ihre Pferde prusteten und scharrten mit den Hufen den Boden, glänzten in der Sonne – der Schweiß und die gute Rasse –, die Reiter stellten Schilde und Schwerter auf den Boden, wie sie hier noch keiner gesehen hatte, ihre Händler aber waren friedlich und wussten genau, was sie wollten.

Gondas' Vater, der erfahrene Krieger und oberste Stammesführer, war benachrichtigt, man musste über das weitere

Vorgehen entscheiden. Im Heiligen Hain wurde umgehend eine Versammlung der Männer des Stammes einberufen, sie besprachen die Angelegenheit, berieten sich mit der Göttermutter, und schließlich erkannten sie, dass sie selbst an die Küste reisen und nachsehen mussten. Nebel kann man nur vor Ort auseinandertreiben.

Kirnis rückte die Schuhriemen zurecht, nahm seinen Schild und den Speer mit der schmalen und kurzen Spitze zur Hand, scharf genug, dass er bei Bedarf sowohl aus einiger Entfernung als auch aus der Nähe kämpfen konnte. Als zweitstärkster Mann folgte er auf Gondas' Vater, Kirnis war schlau und erfahren, auch wenn es noch viele andere Männer gab, ging er immer neben dem Anführer und kämpfte um kein Haar schlechter.

»Nein, Kirnis, du musst hierbleiben«, sagte Gondas' Vater. Kirnis blinzelte in die Sonne schauend, schnappte nach Luft, wusste nicht, was er sagen sollte.

»Jetzt, Kirnis, wo ich den Sohn Gondas habe, ist es deine Pflicht, dort zu sein, wo er ist, um ihn zu beschützen.«

Kirnis blinzelte in die Sonne schauend, schnappte nach Luft, wusste nicht, ob das eine Ehre oder sein Niedergang war, doch dem Stammesführer widersetzt man sich nicht.

Es verging kein Tag, und Gondas' Vater versammelte die stärksten Männer und die schärfsten Speere – man konnte ja nie wissen, ob jene Krieger und Händler Gutes oder Böses im Sinn hatten, sie würden unsere Länder durchqueren, wer weiß, ob in Frieden oder raubend und mordend –, und sie setzten sich, kaum hatten sich die Morgennebel gelichtet, auf ihre Pferde oder liefen in Richtung Küste los, ihre Kinder und Frauen ließen sie in der Obhut von Kirnis und einiger Vertrauter zurück. Unruhe stellte sich ein. Kirnis wusste als alter Krieger mit gutem Riecher, was das bedeutete.

Ein seltsames dumpfes Grollen kam immer näher, Kirnis wusste, das war kein Gewitter und auch keiner der anderen natürlichen Donner. Pferdehufe polterten über die Erde. Ihre Erde. Dem alten und mutigen Krieger Kirnis stockte das Herz. Am Klang erkannte er, wie ungleich die Kräfte verteilt sein würden. Diese verfluchten Langobarden, so nannten sie die Germanenstämme: Wer weiß, welcher genau es diesmal war, die Gotonen, Lugier oder auch Burgunden, grausam und gierig, sie hatten alle nur eins im Sinn – fette Beute. Kirnis hatte schon Siedlungen gesehen, die sie verwüstet hatten, obwohl er noch keinem von ihnen begegnet und auch keinen niedergekämpft hatte.

Kirnis wusste, die wenigen Männer wären nicht genug, er wusste, dass die Schutzzäune mit den spitzen Pfosten die Langobarden nicht aufhalten würden. Sie mussten möglichst schnell fliehen, in die Erdhöhlen kriechen, die sie für das Getreide gegraben und von außen gut mit Mist abgedeckt hatten, vielleicht würden diese Scheusale sie ja dort nicht finden.

›Gondas. Ich muss immer da sein, wo er ist, und ihn beschützen.‹ Kirnis packte Gondas, steckte ihn unter einen Arm und stürmte wie ein Wilder davon. Den Speer in der einen Hand, den Schild in der anderen, die Mutter folgte ihm laut kreischend, sie begriff vielleicht nicht einmal, was in ihn gefahren war, warum er mit ihrem Kind davonlief, mit ihrem Leben, sie hatte doch kein anderes; die vom Geschrei geweckten Leute aber, alte Männer und Frauen liefen ihnen samt den Kindern hinterher. Jetzt hörten alle das Grollen, ihre Herzen blieben vor Angst stehen, die Füße zertrampelten das Getreide, wer weiß schon, ob sie es überhaupt noch brauchen würden.

Es schrie nur die Mutter, ihr hatte jemand das Kind weggenommen, die anderen schwiegen beim Rennen, bewahrten den letzten Schrei für den Abschied auf, wenn ein Langobardenspeer sich in ihren Rücken bohren würde oder auch ein Schwert in ihr Herz.

5. Met

Kirnis rannte voran, Gondas, den er unter den Arm geklemmt hatte, schlief, seine Mutter kreischte, wenn jemand euer Kind davontrüge, würdet ihr auch schreien, dieser Verrückte, Gondas' Mutter bedauerte, dass sie kein Messer dabei hatte, sie würde es ihm in den Rücken rammen, das Grollen kam immer näher, während die Glöckchen seiner Stiefel immer weiter bimmelten, das hatte gerade noch gefehlt.

Die Mutter hörte die Pferde nicht, nur den Atem des schlafenden Kindes, es war noch so klein, erwachte nicht einmal, wenn es herumgetragen wurde, und das wurde es, weil man es schon verstecken musste. Die Mutter weinte, ohne Tränen, der Abend nahte, Wind kam auf, die Bäume rauschten gleichgültig.

Kirnis legte Waffen und Kind auf den Boden, grub mit den Händen ein Loch in den Mist, die Mutter hob Gondas auf und wandte sich um, sah die anderen angelaufen kommen, erst jetzt wurde ihr klar, was eigentlich los war. Das Grollen war nun ganz nah, es dämmerte, man konnte kaum etwas sehen; Kirnis schob die Leute in die Erdhöhle, so viele Platz fanden, zuerst die Mutter und Gondas, die anderen gruben sich in andere Erdhöhlen durch, krochen hinein, die Männer schlossen die Höhlen von außen wieder mit Mist. Auch die stärkeren Frauen blieben draußen, erhielten jede ein Messer und einen Speer mit schmaler und kurzer Eisenspitze, scharf genug, dass sie bei Bedarf sowohl aus einiger Entfernung als auch aus der Nähe kämpfen konnten.

Alle rannten zurück ins Dorf, so wären sie nicht in der Nähe der Erdhöhlen, wenn ein Kind weinte oder einer der Alten es nicht mehr aushielt und stöhnte. Die schützende Palisade stand schon in Flammen: ›Gleich brennen auch alle Häuser‹, dachte Kirnis bei sich, es herrschte Trockenheit, es dämmerte, das Löschen war ein Ding der Unmöglichkeit.

Das Wiehern der Pferde und die ihre Schwerter schwingenden Langobarden mit ihren vor Gier geweiteten Nüstern. Kirnis hatte weder Frau noch Kinder, in den Diensten von Gondas' Vater hatte er nie die Zeit gefunden, um darüber nachzudenken – und das war gut so, denn er musste dessen Kind beschützen.

Die Häuser in der Nähe der Palisade brannten schon lichterloh, sie waren aus Holz, schön mit Lehm verputzt. Rauch, Schreie, Metall auf Metall, der stumme Abschiedsgruß der Sterbenden an die Göttermutter.

Kirnis drückte die Wildschweinfigur, die an seinem Hals hing: »Beschütze mich, beschütze Gondas«, und stach zu. Immer wieder, wo immer er ein Loch in der Rüstung ausmachte; den Speer hielt er in die Höhe, die Vandalen stürzten von ihren Pferden, Kirnis, blutüberströmt, wer weiß, ob es ihr Blut war oder seines, er würde später nachsehen, jetzt stach er einfach immer wieder zu. Er, der alte Krieger, hatte viele Schlachten geschlagen, aber nie zuvor hatte er eine solche Wut im Bauch gespürt, er wusste, wenn nicht er, dann niemand, ein paar Männer und Frauen, es wurden immer weniger, Kirnis sah, wie die Vandalen in ihren Häusern herumtrampelten und das Beste mitnahmen. Kirnis hörte nicht auf zuzustechen, der Geruch von Blut und Hass war stärker als der schwärzeste Rauch.

Er würde nicht fliehen, aber auch nicht sterben, das durfte er jetzt nicht, er musste dort sein, wo Gondas war, und ihn beschützen. Stille trat ein, keiner lebte mehr, nur Kirnis und die Vandalen, sie lachten laut, zeigten einander, was sie gefunden hatten, und klimperten nicht mehr mit Schwertern, sondern mit dem Silber. Kirnis drückte sich an die Außenwand des Eckhauses, den Speer fest umklammernd für den Fall, dass eines dieser Scheusale ihm zu nahe kam. Ein Schuh war weg, offenbar hatte sich der Riemen gelöst, alles stand in Flammen, Kirnis' Haare waren versengt, das Feuer kam immer näher, er legte sich ins Gras und kroch leise zum Wald hin los. Die Vandalen setzten sich schon auf ihre Pferde und verschwanden johlend in der Dunkelheit.

Es war Kirnis' kühnste Schlacht, aber auch seine letzte. Kirnis' Haus brannte im Gegensatz zu den meisten nicht nieder, daher brachte er Gondas zu sich, und dessen Mutter folgte ihm. Alle im Dorf hatten Angst und schwiegen, starrten mit leeren Augen in die nächtliche Finsternis – aber was hätten sie dort sehen sollen? Am Morgen machten sich die Überlebenden sofort an die Arbeit und räumten in den Brandruinen auf, sammelten herumliegende Sachen ein, fingen ein paar entlaufene Pferde der Langobarden ein, während Gondas seine ersten festen Schritte ging und Kirnis Schild und Speer an die Wand im großen Raum seiner Hütte stellte, wo sie bis zu seinem Tod auf ihn warten würden. Nach jener Schlacht verstummte Kirnis, beantwortete nicht einmal mehr Fragen, sogar als Gondas' Vater zurückkehrte, sagte er nichts, erklärte nichts, sondern übergab Gondas nur schweigend seinem Vater, sah sich in der ausgebrannten Siedlung um, das linke Bein hatte er schon mit Pelzen umschnürt, und nur die Glöckchen des rechten Schuhs bimmelten wie gewöhnlich – klingeling, klingeling.

Die Häuser wurden wieder aufgebaut, Silber häufte sich an, und alles ging wieder seinen gewohnten Gang, nur Kirnis verlegte sich auf das Herumtragen von Brennholz und ließ sich nicht beirren. In der warmen Jahreszeit saß er in seiner Hütte oder ging in den Wald, und sobald der Frost kam, tat er alles, was nötig war, um Gondas vor der Kälte zu schützen. Manchmal öffnete er auch einfach die Tür, sah nach Gondas und ging wieder nach Hause, ohne zu jemandem ein Wort zu sagen, er atmete die Luft ruhig ein, schnupperte, ob alles in Ordnung war, drehte den Kopf zur Seite und horchte, ob da keine Pferde waren, fremde, die eigenen kannte er, er zog nie mehr mit Gondas' Vater aus, selbst wenn er ihn dazu einlud, aber weder eine Frau noch Kinder hatte er je, niemand begriff, was er ferner zu tun oder wohin er zu gehen gedachte, niemand sah ihn je mehr glücklich oder traurig, also vergaß man ihn und ließ ihn in Ruhe auf den allein der Göttermutter bekannten Wegen wandeln.

Wenn Kinder oder Frauen an guten Tagen gerade nichts zu tun hatten und jemanden necken wollten, dann sagten sie:

»Kirnis, du lieber Kirnis, du uralter Greis, wo ist denn dein Schuh, wo ist dein Verstand?«

»Verbrannt«, erwiderte Kirnis, er sagte immer dasselbe.

Es braucht so wenig, dass der Verstand verbrennt.

Einmal reisten Soldaten des Kaisers Nero auf den Handelswegen an der Ostseeküste und brachten von dort so viel Bernstein nach Rom mit, dass man damit das Podium der Gladiatorenkämpfe und die Knoten des Netzes zum Schutz vor den wilden Tieren verzieren konnte, während der Sand der Arena, die Leichentragen und die Utensilien, die für Abwechslung bei den täglichen Prozessionen sorgten, aus Bernstein bestanden. Sie brachten winzige Stücke mit und auch sehr große, die mehr als ein neugeborenes Kind wogen.

Die Häuptlinge der Ästier bereiteten ihnen einen freundlichen Empfang, töteten keinen von ihnen und tauschten den Bernstein gegen eine Fülle von Silber, Münzen und anderen Schätzen ein, an denen Männer und Frauen gleichermaßen Gefallen fanden. Sie bereiteten ihnen einen freundlichen Empfang, töteten niemanden, denn wer bekommen hat, was er wollte, kommt wieder.

6. Tränen

Wie jeden Frühling würde auch dieses Jahr der Tag kommen, an dem sich alle freuten, tanzten und sangen, der richtige Tag, um den Willen der Göttermutter zu erfahren, um sie um Gefallen zu bitten. Das war Frauenarbeit, die Männer mischten sich nicht ein, sie hatten ihre eigenen Pflichten, als Soldaten und Händler, die Frauen hätten sie auch gar nicht teilnehmen lassen, es überstieg die Kräfte der Männer, sich um Geburt, Fruchtbarkeit, Ernte und ähnliche Angelegenheiten zu kümmern, mit der Natur zu beraten.

Wenn der Schnee langsam schmolz und die Tage länger wurden, sahen sich die Frauen allmählich rastlos um, schienen stets auf etwas zu warten, aber keine ahnte, worauf – nur die Alte mit den Wolfsbissen am Bein wusste es, sie rief plötzlich alle zusammen, sagte, es sei Zeit; und alle Frauen, ob jung oder alt, ob voller Kraft oder kränkelnd, wenn die Beine sie nur trugen, die Wohlhabenden und sogar die Sklavinnen, flochten, bevor die Dämmerung hereinbrach, ihre Zöpfe, wuschen das Haar mit Kräutersuden, damit es im Abendrot so richtig glänzte, hüllten sich in ihre schönsten Schleier, ließen Kinder und Männer zurück und eilten auf den Lindenhügel, fröhlich und außer Atem; alle liefen sie hin, die jungen und die alten, als wären sie jung, sie spürten keinen Schmerz, sie spürten weder das Knirschen der Gelenke noch die Alltagsmüdigkeit noch irgendeine Art von Furcht: Du bist am Leben, solange du auf den Frauenberg steigen kannst, und wenn du das nicht mehr kannst, wozu dann leben?

Sie mussten auf den richtigen Augenblick warten, wenn Tag und Nacht gleichlang waren; nur die alte Frau wusste Bescheid, sie bereitete sich vor, kochte Trünke für alle und Tollkirschensalbe für die Greisinnen: Die Zutaten waren jetzt vorhanden, die dünnen Frühlingskräuter hatte sie schon in den Kessel geworfen, das Quellwasser und der Zauber der Alten entzogen ihnen ihre Essenz; nur in den Händen der Alten wurden sie so, sonst grünten sie nutzlos, auch die anderen alten Frauen wussten viel über Kräuter, die Hexen, sie wussten zu heilen und zu verzaubern, doch nur die Alte mit den Wolfsbissen am Bein wusste, wie sie sich mit der Göttermutter unterhalten musste, sie um Gnade und Erlaubnis bittend, ihr die auf der Zunge liegenden Fragen stellend; nur sie kannte die Sterne und sah, wann der Tag lang genug war zum Feiern und Bitten.

Ihre Geheimnisse hütete die Alte wie ihren Augapfel. Aber sie war schon alt – was wäre nach ihrem Tod? »Seid beruhigt, habt keine Angst, die alte Frau mit den Wolfsbissen am Bein lässt euch nicht allein, sie weiß viel besser als ihr, wann der Tod kommt, und wird ganz sicher nicht von euch gehen, ohne eine von euch in ihre Geheimnisse eingeweiht zu haben.« Keine der Frauen wusste, wen von ihnen sie im Sinn hatte, alle wollten diejenige sein und warteten voller Ungeduld, aber es war nicht an ihnen zu wählen, die Alte würde die Geeignetste nennen, die Göttermutter würde sie auswählen, und ihr könnt nicht anders, als ihrem Willen zu folgen.

So tanzten jetzt alle ihre Reigen, flochten die ersten Kränze, ganz kleine noch aus kurzen Gräslein, gerade erst hervorgesprossenen, setzten sie sich oder eine der anderen auf, spritzten mit frischem Wasser um sich, nicht eine von ihnen sah nach, ob die andere ihr eine Freundin oder verhasst war, sie gaben sich so, wie sie es nur ohne Männer taten, sangen Lieder, traurige und auch fröhliche, wie sie gerade an die Reihe kamen, wie die Alte sie anstimmte, die anderen begleiteten sie nur, machten Feuer, erbaten bald die eine bald die andere, was ihr Herz begehrte oder woran es in ihrem Heim mangelte, baten um eine gute Ernte, um Weizen, Gerste und Hafer, dazu ein wenig Roggen und Hirse, dass die Kinder nicht hungrig wären, baten darum, dass weder wilde Tiere noch Krankheiten sie heimsuchten, baten um Kampferfolg für ihre Männer, baten um Silber und andere wunderschöne Dinge, baten um Kinder, wenn sie keine hatten, baten um Ruhe, wenn sie schon von allem reichlich hatten. Sie hörten nicht auf zu bitten, so wollte es der Tag, so wollte es das Fest, die Göttermutter erhörte eine jede, sah jede Träne, man durfte sie selbst wegen des kleinsten Begehrens stören. So sagte es die Alte mit den Wolfsbissen am Bein, wer sollte es auch besser wissen als sie?

Sie tranken, was die Alten für sie zubereitet hatte, für jede einen eigenen Trunk, die Alte achtete genau darauf, dass sie nicht verwechselt würden. Auch Selija schlürfte den ihren, die Alte reichte ihr eine rote Flüssigkeit zur Reinigung, so eine würde nicht einmal die Göttermutter erhören, aber was soll's, Selija wusste, was sie wollte und bekam es auch. Und auch Glesum trank, die anderen hatten sie gegen ihren Willen hergebracht, völlig verängstigt hierher gezerrt; sie stand starr vor Angst da, glaubte vermutlich, man würde sie opfern, aber nein, du Dummerchen, dieses Fest ist nicht von dieser Art, keine Opfer, der Weihrauch, den die Alte aus Bernsteinstaub gemischt und ein wenig weiter weg von den Tänzerinnen unter der Linde mit den meisten Ästen entzündet hat, um die Göttermutter zu betören und ihr Herz zu erweichen, damit keine der einfachen Frauen verletzt würde, ist genug. Die Alte reichte Glesum ihren Trank, damit sie sich beruhigte, sie würde noch lange hier weilen, wie sollte sie alles aushalten, die Ärmste – sie musste zu Kräften kommen, um für all das bereit zu sein, was sie erwartete. Die Alte mit den Wolfsbissen am Bein streichelte Glesums Haar: »Mein Kind, womit hast du das alles verdient, der Sturm wird sich legen, alles wird gut, du wirst leben.« Und wirklich, Glesum kam zur Ruhe, eine starke Friedlichkeit löste den Blick des verängstigten Wolfswelpen ab.

Auch die anderen tranken, bis die alte Frau zum Abschiedstanz lud, zum allerschönsten; eine nahm die andere an der Hand, und so bildeten sie einen riesigen Kreis, beugten sich vor und wieder zurück wie im Fieberwahn, wussten nicht mehr, wer sie waren, in ihrer Weiblichkeit erstarkt, zu einer Einheit, zur unteilbaren FRAU geworden, deren Stärke für Nöte erforderlich war. Als der Gesang verstummt war, eilten alle nach Hause, noch benommen, überglücklich, zurück blieben nur einige der Ältesten und die Alte mit den Wolfsbissen am Bein.

Wer bleiben durfte, wusste es selbst, sie setzten sich unter die alte Linde, der Bernsteinstaub war schon aufgebraucht, und strichen sich Achselhöhlen und Knöchel mit Tollkirschensalbe ein, murmelten halblaut wer weiß was, die Alte mit den Wolfsbissen am Bein führte sie – sie verwandelten sich in Kolkraben oder schwarze Wolken, erhoben sich in die Lüfte und flogen davon, um sich mit den Alten der anderen Stämme zu treffen, landeten auf den Ästen der Linden, schnatterten und erfuhren so den wahren Willen der Göttermutter, die dieses Jahr dies und das versprach, sowohl Besseres als auch Schlechteres. »Das Leben wird nicht so, wie ihr es gerne hättet, aber es wird zum Aushalten sein, wie immer.«

7. Milch

Gondas hatte die Wagen schon wieder mit allerlei wertvollen Gütern vollgeladen: an vorderster Stelle Bernstein, große Brocken und kleinere, unbearbeitet, dazu, soviel davon Platz fanden, von den nach dem Winter wieder guten Pelzen – er schickte sich an, nach Carnuntum zu reisen, vielleicht sogar bis nach Aquileia, das würde er später entscheiden.

Gondas rief erneut die stärksten Männer der benachbarten Stämme desselben Namens, desselben Blutes im Heiligen Hain zusammen, vollgesogen mit den Prophezeiungen der Ahnen und alter Furcht. Ein abgelegener Ort, niemand störte sie hier, und die Götter waren hier besonders nahe. Natürlich würde es mehr Gewinn abwerfen, die Waren nach Aquileia zu bringen, dort kann man den Bernstein direkt an die Handwerker verkaufen, die ihn später bearbeiten. In Carnuntum bekamen sie erheblich weniger dafür, die römischen Zwischenhändler wollten ja auch etwas verdienen. Sie hatten schon einmal Bernstein nach Aquileia gebracht und waren dafür so reich belohnt worden, dass die Achsen ihrer Wagen auf der Rückreise fast gebrochen wären, sie hatten nicht nur Geld und Glasgeschirr mitgebracht, sondern auch Kupfer, Zinn und Zink, das reichte den örtlichen Meistern für Jahre, so viele Messingarmreife, Broschen, Anhänger und anderen Schmuck konnten sie daraus fertigen, mehr als es Leute gab, die Frauen und Männer schmückten sich jeden Tag mit etwas anderem.

Für Selija hatten die Meister damals ein wunderschönes Brustband gefertigt, wie sie es nur in anderen Ländern hatten kennenlernen können, aber auch von sich noch vieles hinzugefügt, sie verstanden nicht weniger von ihrem Handwerk: An den Seiten je zwei Nadeln mit einem runden, perforierten Kopf, eine für die linke, die andere für die rechte Brustseite. An den Köpfen je ein Anhänger befestigt, halbkreisförmig, ebenfalls mit einem hübschen Lochmuster. Auf der flachen Seite je fünf Kügelchen, von denen lange Ketten aus kleineren Kügelchen ausgingen, fünf an der Zahl, von unterschiedlicher Länge, die die ganze Brust bedeckten. Selija trug das Brustband, wenn sie guter Stimmung war oder auch, um zu zeigen, wer im Stamm das Sagen hatte.

Selija stand hinter einem Baum und horchte. Sie wusste, dass sie das nicht durfte, na und? Eine andere Frau mitbringen, das durfte man ja auch nicht, aber wer hörte schon auf sie? Wie sehr sie sich auch immer zu beruhigen versuchte, sie bekam eine Gänsehaut. Die Bäume rauschten irgendwie zornig, und dann war da noch diese Eule, ›U-huuu‹, wie verhext. Warum konnte sie nicht einfach still sein? Sie machte ihr Angst und störte sie beim Zuhören. Und auch die Männer wurden leiser, sie redeten weiter, aber halblaut, sodass Selija kaum noch etwas verstehen konnte.

Es werde immer schlimmer, sagte Gondas, die Germanen witterten die Händler: die Lugier, die Burgunden, die Markomannen, die Quaden – alle warteten nur darauf, die Wagen zu überfallen und die Männer zu erdolchen oder gefangen zu nehmen und den Bernstein für sich zu behalten, als hätten sie ihn selbst eingesammelt. Die Markomannen und die Quaden drangen ins Römische Reich ein, zogen mit ihren Kriegern bis nach Aquileia. Auf dem Weg dorthin traf man jetzt schon nicht mehr nur auf germanische Räuberbanden, sondern auch auf ganze, gut bewaffnete Armeen, den Bernstein und den Proviant, den sie immer mit sich führten, wollten alle. Von so einer Reise konnte man nicht nur ohne Reichtümer, sondern auch gar nicht mehr zurückkehren. Sie sollten sich besser nach Osten wenden, meinte Gondas, über die Berge ziehen, das dauere länger, mindestens fünfzig Tage in eine Richtung, aber so sei nun einmal das Leben, es lasse uns eben oft keine Wahl.

Verhandelt, abgemacht, die Trinkhörner standen bereit, mit Met gefüllt, um die Vereinbarungen zu bekräftigen.

Selija weinte, das hatte ihr gerade noch gefehlt, den Mann zu verlieren, Bentis war noch zu klein, Getier schlich um ihre Beine, im Wald funkelten die Augen der wilden Tiere, Selija rannte, so schnell die Beine sie trugen, nach Hause, völlig außer Atem.

Am Morgen kehrte Gondas müde, aber ruhig zurück – nach der Entscheidung war ihm leichter ums Herz –, er sagte Selija nur, in ein paar Tagen werde er sich mit den besten Männern auf den Weg machen. Selija weinte, bat ihn, nirgendwohin mehr zu gehen, sie hätten auch so schon genug, sogar mehr als genug.

»Was wäre ich für ein Anführer, wenn mich nicht nach mehr dürstete?«, fragte Gondas, und damit war alles entschieden.

Damit auch Selija zu wollen lernte, ließ sie Gondas zu den Wagen gehen, die die Soldaten selbst für alle Fälle abwechselnd bewachten, und sich nach Belieben zu bedienen. Gondas hatte Recht, er war nicht umsonst der Anführer, ohne Grips wird man nicht zum Besten. Zuerst nahm Selija ein paar von den allergrößten Stücken zur Hand: »Aber die kannst du dir nicht um den Hals hängen, und zum Zerteilen sind sie zu schade«, meinte Gondas. Worum es Gondas schade war, darum war auch ihr schade. So gebot es die Pflicht der Ehefrau.

›Vielleicht sollte ich ja, wenn Gondas weg ist, wieder bei der Alten mit den Wolfsbissen an einem Bein vorbeischauen, vielleicht würde sie ja etwas für Glesum zusammenbrauen, damit alles ruhig und schmerzlos vorbei wäre?‹ Später, jetzt war der Bernstein an der Reihe.

Und dann sah Selija das, was sie brauchte. Ein kleines Stück Bernstein, weiß wie Milch, auf dem Wagenboden, gut, dass sie tiefer gegraben hatte. Selija drückte ihn fest in ihrer Hand, den Tropfen, so voller Leben, die allerliebste Milch, am Rand entlang ein feiner Streifen, rot wie geronnenes Blut. Selija würde zu Handwerksmeistern gehen, sich nicht bei ihnen anstellen, das musste sie nicht, die anderen mussten warten, sie würde zu ihnen gehen und sie bitten, einen Anhänger für sie zu fertigen, mit feinen Ketten, damit sie ihn immer um den Hals tragen konnte als Zeichen – sollen die Menschen und Götter nur sehen, wer hier das Sagen hat.

II.
BETA URSAE MINORIS
oder
KOCHAB
IM KLEINEN BÄREN

Kochab (arabisch: *al kaukab* »Stern«) ist ein orangeroter Riese von etwas geringerer Helligkeit als der Polarstern. Der zweithellste Stern im Kleinen Bären belegt den 49. Platz auf der Helligkeitsskala der Sterne und war im ersten Jahrhundert dem nördlichen Himmelspol am nächsten. Bis heute bleibt unklar, welchen Stern im Kleinen Bären die alten Balten als Polarstern ansahen: Alpha (den heutigen Polarstern) oder Beta (Kochab). Für andere Völker wie die alten Araber war Kochab der Polarstern. Er leuchtet 450-mal heller als die Sonne und ist 42-mal größer als sie. Seine Entfernung zur Erde beträgt etwa 130 Lichtjahre. Sein Alter wird auf etwa 2,95 Milliarden Jahre geschätzt.

8. Nebel

Einige Wochen nach dem Fest der Frauen kam für die Männer die Zeit, in der Krieger und Händler nicht auf Reisen waren, sie blieben zu Hause, weil Jünglinge ihres Stammes das Alter erreicht hatten, in dem sie zu Kriegerfürsten werden sollten, und das Fest ihrer Initiation anstand. In diesem Jahr war die Reihe an Bentis, dem Sohn des obersten Stammesführers, deshalb bereiteten sich alle auf eine besonders feierliche Zeremonie vor, säuberten den Heiligen Hain, schnitten das Gras und lichteten den Jungwald, luden die Stammesführer ein, um zu schauen, was für eine Feier das würde, mit was für Reichtümern und Macht.

Auch die Frauen gingen hin und beobachteten, wie ihre Söhne zu Männern wurden, denn dazu waren sie von Geburt an bestimmt gewesen.

An jenem Morgen putzte sich Selija noch viel schöner als sonst heraus, hängte sich so viel Schmuck um, wie nur Platz war; die Sonne schien wohltuend, sie wusste, was für ein Tag heute war, also zeigte sie sich nicht störrisch und versteckte sich nicht hinter den Wolken.

Sie musste Bentis bereitmachen, Gondas hatte es schon angeordnet, die Männer warteten. Aber nichts lief nach Plan, die merkwürdigsten Dinge geschahen. Bentis saß auf seinem Bett und weigerte sich, es zu verlassen, die Augen standen hervor, die Pupillen waren geweitet, er sprach bald mit sich selbst, bald mit wer weiß wem, mit Wesen, die kein anderer sah, den Lebenden gab er keine Antwort, als wären sie gar nicht da. Er rupfte und zupfte an seinen Kleidern, als wären sie voller Pferdehaar, doch das waren sie nicht. Manchmal schrie er, als wäre er außer sich, rief laut, dass Käfer über die Wände krabbelten, doch wo sollten die in einer so sauberen Hütte herkommen? Alle sahen sich um, versuchten die nicht vorhandenen Uferfeuchtkäfer, Schnellkäfer und Waldmaikäfer totzuschlagen, aber was hätten sie denn totschlagen sollen, wenn da nichts war?!

Alle waren so mit der Käfersuche beschäftigt, dass sie gar nicht sahen, wie Bentis sich auszog, nackt über die Felder lief und dabei wer weiß was herumschrie, während seine leicht angeschwollene Männlichkeit, die er nicht nur nicht verbarg, sondern ganz offen zur Schau stellte, hin und her baumelte. Das war schon für einen einfachen Mann eine unerhörte Schamlosigkeit, ganz zu schweigen vom Sohn des Anführers. Gondas schickte gleich mehrere seiner Männer aus, um ihn einzufangen, sie wurden Bentis schon nach kurzer Zeit habhaft, fesselten ihn mit Stricken und bedeckten ihn ein wenig, auch wenn der sich nach Kräften wehrte, sich schreiend hin und her wand und sogar zu beißen versuchte. Sie schleppten ihn nach Hause, schlossen ihn ein, verbarrikadierten die Tür, einige der Männer blieben als Wache zurück.

Fast drei Tage brachte Bentis in diesem Wahn zu, erst dann schlief er ein. Wer nichts gesehen hatte, schwieg, und wer es gesehen hatte, machte den Mund nicht auf, denn Gondas war gut, aber wenn er in Wut geriet, konnte er einen eigenhändig mit dem Speer durchbohren, bevor man auch nur einen Mucks von sich gab, da kannte er kein Erbarmen.

Die Gäste gingen auseinander, beluden ihre Wagen mit Gondas' Geschenken, schlugen sich die Bäuche voll und zechten, ohne sich groß zu wundern, Soldaten bekamen ja noch ganz anderes zu Gesicht. Der Sohn des Anführers, na und? Beim Sterben sind alle gleich.

»Gib ihm Wasser«, hieß die Alte mit den Wolfsbissen am Bein Selija.

Selija gab ihm immer mehr Wasser und hörte nicht auf damit, bis Bentis wirklich zur Ruhe kam und dann genas, danach war er wieder ganz der Alte.

9. Regen

Als sie sich um Bentis keine Sorgen mehr machen musste, bemerkte Selija, dass mit ihr selbst etwas nicht stimmte. Sie war schwanger. Vielleicht hatte sie ja zu wenig vom Gebräu der Alten getrunken, oder er hatte nicht gewirkt, oder vielleicht hatte die verfluchte Hexe ihn auch zu schwach zubereitet. Selija war schwanger, also musste sie es noch einmal versuchen.

Selija griff zum Tongefäß mit dem Tollkirschensud, den sie aus Vorsicht zur Seite gestellt hatte, jetzt würde sie ihn ganz austrinken, wer weiß, was dann kam, vielleicht würde sie vom Wahn heimgesucht über die Felder rennen, laut schreien und um sich schlagen, den Regen herbeirufen, was sonst hätte die Kraft, alles auszuwaschen, bis man sie einfing, fesselte und einsperrte, doch vielleicht wäre sie ja dann losgeworden, was sie nicht wollte.

Der Krug war leer. Bis auf den letzten Tropfen ausgetrunken, so hatte es Selija es gewollt. Aber warum hatte das, was für das eine Kind bestimmt war, ein anderes getrunken?

10. Tränen

Ich bin gar nicht Glesum, mein Name ist Blindė. Ich wurde in einen anderen Stamm hineingeboren, der auch zu den Ästiern gehört, aber das weiß hier niemand und das ist gut so. Ich schweige, sage zu keinem ein Wort, damit niemand merkt, wie ähnlich einander unsere Sprachen sind. Wir wohnen noch weiter weg vom Meer, das weiß ich, denn auch unsere Männer fahren zuweilen an die Küste für Bernstein, aber nicht so oft wie Gondas – wir wohnen weiter weg, es ist nicht einfach für uns, die Küste zu erreichen und den anderen Händlern zuvorzukommen. Wir leben nicht schlecht, auch ohne Bernstein, bauen Weizen an und haben Vieh, dazu

Bienen, die uns Honig und Wachs gaben, die tauschen wir gegen römisches Geld und andere Reichtümer ein, die die Bernsteinhändler von dort mitbringen, wir haben von allem genug, sogar mehr als genug.

So hätte ich denn dieses wunderbare Leben gern weitergeführt, aber ich war hässlich, sah anders aus als die anderen, braunes Haar, braune Augen, niemand wollte ein solches Mädchen, alle schubsten mich herum, aber Essen bekam ich, über zu viel Arbeit konnte ich auch nicht klagen, ich musste nur Eicheln einsammeln für die Schweine, in härteren Wintern auch für die Menschen, das war's schon. Aber mein Name war scheußlich, man sagte, da sei eine Frau gewesen, sehr fruchtbar, sie habe aus jedem beliebigen Körperteil gebären können, sogar aus den Beinen und Armen, und so habe sie die Göttermutter aus Wut in eine Salweide verwandelt, in unserer Sprache Blindė, grün, aber unfruchtbar. Man sagte, wer so hässlich wie ich sei, brauche keine Kinder, die Abscheulichkeit müsse mit mir enden, aber was wusste ich Kind denn schon?

Ich hätte immer so weitergelebt, vielleicht nicht ganz so wunderbar, doch als ich im Wald umherstreifte und nach Eicheln oder wer weiß was Ausschau hielt, ich weiß selbst nicht mehr, wonach, vergaß ich mich völlig, es regnete Bindfäden, da spürte ich plötzlich, dass mich jemand an den Haaren packte, ich schrie laut: »Na und, schrei doch, so viel du willst, wer wird schon auf so eine Vogelscheuche hören, da rein, in den Wagen und fertig.«

Es waren mehrere Wagen, eine ganze Kolonne, ich fuhr zum ersten Mal irgendwohin, wer sollte mich auch herumkutschieren, der Wagen war aus Holz, er holperte so, dass ich mich übergab, bis man mich so mit Fäusten und Füßen bearbeitete, dass ich mich beruhigte. Die anderen Wagen waren vollbeladen mit Sachen und blickfest zugedeckt, nur in einige ganz hinten – wie kleine Häuschen mit Gittern – hatte man ebenso unglückselige Schmutzfinken wie mich gepfercht, nur hübschere. Die meisten davon Frauen und Kinder, die konnten sie leichter einfangen, unterwegs kamen Männer hinzu, die die Wagen anzugreifen versuchten, die wurden eingefangen, gefesselt und landeten bei uns.

Wir fuhren lange durch die Gegend, die Sonne ging auf, die Sonne ging unter, Tag für Tag, die Sprache der Menschen wechselte immer wieder, man gab uns ein wenig zu essen und zu trinken, wir durften abwechselnd auf dem Wagenboden schlafen, der Wagen ratterte und holperte, bis wir vergaßen, wer wir waren und wo wir herkamen.

Als die Straßen langsam besser wurden, fest und aus Stein, erreichten wir das Land der Krieger und Händler, man hieß uns aussteigen, wir stanken, waren voller Schmutz, man musterte uns von oben bis unten, befahl uns zu schweigen und uns um Kreis zu drehen; dann tauschte ein dickbäuchiger Mann mit einem glänzenden Ring am Finger mich gegen Geld ein, mich und noch ein paar hübschere Frauen, ich weiß gar nicht, warum er mich, so hässlich und klein, zusammen mit ihnen nahm.

Die Fahrt ging weiter, diesmal dauerte sie nicht ganz so lange, wir gelangten in eine riesige Stadt (später sagte man mir, sie heiße Aquileia, doch damals war mir das egal, Hölle ist Hölle, wie immer du sie auch nennen magst), eine, wie ich sie mir nicht einmal im Traum vorgestellt hätte. Man ließ mich an einer Mauer frei, vor einem Tor – weißes zweistöckiges Haus, rotes Dach, das Wasser schoss in Strahlen empor und fiel in große Becken hernieder, nicht nur auf dem Hof, sondern auch in den Gemächern, auf den Innenhöfen spazierten Vögel, große mit farbigen Schwanzfedern herum; dazu kamen die allerschönsten Bäume, Sträucher und Blumenbeete, hübsch zu allen möglichen Figuren zurechtgeschnitten, die Wände im Inneren mit Bildern von Mensch und Natur bemalt; dazu andere Bildnisse aus Stein, wie echt, ein Großteil des Daches fehlte, da war ein Loch, durch das so viel Sonnenlicht hereinstrahlte, dass alles im Inneren funkelte, während der Himmel sich überall im Wasser spiegelte. Ein buntes Farbenspiel wie im wundersamsten Traum – Mosaike an den Wänden und am Boden, farbenfrohe Stoffe – und auch die Stühle ganz weich, die Betten mit unzähligen weichen Stützen.

Ich war hin und weg, konnte keinen Schritt mehr gehen, man musste mich mit Gewalt von dort wegzerren. Ich erlangte meine Fassung wieder, gewöhnte mich an alles, wenn niemand es sah, weinte ich noch, ganz leise, um nicht aufzufallen, ich hatte doch ein paradiesisches Leben. Meine Arbeit bestand darin, der Dame des Hauses die Kleider bereitzulegen und ihr beim Anziehen zu helfen. Das war es auch schon. Meine Herrin besaß von allem im Überfluss, ganze Zimmer waren vollgestellt und -gehängt, der Schmuck fast ausnahmslos aus Gold, in separaten Kästchen verstaut. Sie pflegte sich schön zu machen und für den ganzen restlichen Tag zu verschwinden, vergnügte sich mit Frauen und Männern, war frei, so sehr es ihr Herz begehrte, hatte vom Vater ein Vermögen geerbt und gab es nach eigenem Gutdünken aus, ihr Mann konnte nur zusehen und schweigen.

Ich half ihr beim Anziehen der Tunika, immer aus Seide, leuchtende Farben und bestickt, mit zwei Gürteln, die ich ihr umband, einen um die Taille, den anderen unter der Brust hindurch, um ihre Figur stärker zu betonen. Zuvor band ich ihr noch ein Stoffband eng um die Brust, das ihre Brüste in Form brachte und anhob. Dazu Schuhe, Goldschmuck, das Haar wickelte ich mit einer glühend heißen Zange zu Locken, dann ging meine Herrin. Bei ihrer Rückkehr war sie fröhlich und nicht selten beschwipst vom Wein, dann zog ich sie aus, das war's, tagsüber hatte ich frei.

Ich dachte mir allen möglichen Schabernack aus – probierte die Kleider der Herrin an, versuchte die Pfauen einzufangen, plantschte insgeheim in den Schwimmbecken; die Bilder, Skulpturen und Wandbehänge habe ich bis heute vor Augen, so oft und so lange bestaunte ich sie. Wenn ich von allem genug hatte, ging ich zur Tür meines Herrn und horchte, der alte Kaufmann hatte stets Gäste, die Getreide und Flachs aus Ägypten, Saphire aus Taprobane, Seide aus China oder ästischen Bernstein zum Verkauf hierherbrachten. Diese Länder klangen in meinen Ohren wie Zaubersprüche, aber ich wusste damals schon, dass es auf der Welt eine Vielzahl davon gibt, und ich gab mir Mühe, sie mir zu merken, für den Fall, dass ich einmal dorthin gelangte.

Besonders mochte ich in die Thermen, auch dort half ich meiner Herrin beim Aus- und Ankleiden. Ich warf den Kopf in den Nacken und schaute lange zur Decke, die allerschönsten Zeichnungen, nur so hoch oben, dass man sie kaum sehen konnte, Säulen und ein Marmorboden, seht nur, da rutscht ein Tollpatsch aus und fällt hin, denn rundum ist nichts anderes als Dampf. Meine Herrin trug dort nur einen Lendenschurz und die Brüste stützende Stoffbänder, während ich die Tunika anbehielt – mich hat noch niemand nackt gesehen, so hässlich, wie ich bin. Obwohl, hier in Aquileia sah ich gar nicht so hässlich aus, hier lebten alle möglichen Menschen, schwarze und noch schwärzere, sogar ihre Haut war schwarz, und schneeweiße wie zu Hause, sogar solche wie ich. Aber wem oft genug gesagt wird, er sei hässlich, der ist es auch, der wird nicht schön, nur weil er am anderen Ende der Welt gelandet ist.

11. Blut

Nackt hatte mich auch mein Herr nicht gesehen. Julianus, er sah nicht sehr oft vorbei, immer erst bei Einbruch der Dämmerung, wenn meine Herrin sich wer weiß wo herumtrieb und noch nicht von dort zurückgekehrt war. Er warf mich aufs Bett, beim ersten Mal begriff ich gar nicht, was jetzt kommen würde, er knetete mich nur, Blut, immer mehr Blut, ich dachte schon, das würde nie mehr aufhören; der Herr wand sich, das Tier, soll er doch verrecken, später hörte ich auf zu denken, lag mit geballten Fäusten da, weinte lautlos und ohne Tränen, biss mir die Lippen wund, jedes Mal, das hörte nicht auf, wie sehr ich mich auch immer an die ganze Abscheulichkeit gewöhnt hatte.

Doch eines Tages, gegen Abend, ich sah mich nach meiner Herrin um, sie konnte nach Hause kommen, sie hatte mich wie immer geheißen, sie an der Tür abzuholen, ich schlurfte herum und wartete, ließ Kieselsteine durch die Luft fliegen, neckte die Hunde – jemand packte mich an den Haaren, schon wieder an diesen verfluchten Locken, nicht umsonst hasste ich sie so sehr, packte mich und hob mich auf einen Wagen. Ich schrie nicht, ich hatte mir schon vor langer Zeit abgewöhnt zu schreien, um Hilfe zu bitten oder zu beten, ich wusste, es würde so kommen, wie es kommen musste, nichts zu machen, nichts zu erflehen, du musst nehmen, was du bekommst. »Du wirst meine Glesum sein«, sagte er, was soll's, ich bin schon ganz anderes gewesen.

Dieser Mann, Gondas, brachte mich wieder in einem Wagen weg, ohne Gitter, wie einen Menschen, wie seine ermatteten Krieger, die längste Zeit wusste ich nicht, wohin, vielleicht ja nach Hause, ihre Sprache ähnelte der unseren sehr, und sie sahen auch aus wie unsere Männer mit ihren Wildschweinamuletten auf der Brust. Ich schwieg, als hätte man mir den Mund gestopft; es ist stets besser zu schweigen, bis man weiß, was auf einen zukommt, und es kommt, wie es kommt, meist schlecht, also schwieg ich. Der Wagen rüttelte und schüttelte wieder, Holzräder, aber wenigstens lagen auf dem Boden ein wenig Stroh und Pelze. Wir fuhren erneut sehr lange, die Sonne ging auf und unter, immer wieder, er fütterte mich wie eine Prinzessin, rührte mich selbst nicht an, die Krieger hielten überhaupt großen Abstand. Als ich völlig durchgerüttelt war und mich ausgekotzt hatte vor lauter Schaukeln, erlaubte man mir auszusteigen. Ich fühlte mich wirklich wie zu Hause – die Bäume und Häuser und Menschen wie bei uns, sie sahen mich nur böse an, als wäre ich freiwillig hier, als wäre ich zu Besuch, wo mich niemand wollte, alle sahen in mir so etwas wie ein Scheusal, ein von der Göttermutter gesandtes Ungemach. Nur Gondas nicht, obwohl er dem Alter nach hätte mein Vater sein können, noch schön und stark, ich sah, dass er gut zu mir wäre.

Er kam zu mir, als er mir ein Haus gebaut hatte, ziemlich weit weg von den anderen, nur für mich, und obwohl auch er ein Tier war, hatte sein Blick einen anderen Ausdruck, irgendwie sanft, und auch die Hände waren sanft, er gab sich Mühe, mich nicht zu verletzen. Er fand mich nicht hässlich, streichelte immer wieder mein Haar und sagte: »Du bist meine Glesum.« Schon gut, ich werde sein, was du willst, habe ich denn eine Wahl?

12. Milch

Selija war schwanger, die verfluchte Kaulquappe in ihrem Bauch strampelte schon. Gut, dass man den Bauch noch nicht so gut sah, Selija schien zugenommen zu haben, nicht mehr. Gondas war auf Handelsreise, zwischen Aufbruch und Rückkehr vergingen jeweils Monate. Selija blieb genug Zeit, um alles in Ordnung zu bringen. Diese Göre kam ihnen nun wirklich gar nicht gelegen, sie brauchten überhaupt keine Kinder außer Bentis, alles sollte einst ihm gehören. Sie wusste, es würde ein Mädchen, Mütter wissen das immer. Die Leute schauten sich nicht öfter als sonst nach ihr um, es gehörte sich ja auch gar nicht, die Dame des Anführers anzustarren – auch an ihren Schmuck hatten sich längst alle gewöhnt; zudem war gerade Frühling, da arbeiteten alle, denen es nicht an Kraft fehlte, auf den Feldern, pflügten, säten, die Tiere würden bald Junge bekommen. Selija konnte nach Belieben faulenzen und sich verstecken bis zu jenem Tag.

Mag er nur schneller kommen, dann ist alles vorbei. Niemand sollte erfahren, dass dieses Kind dahin verschwinden musste, von wo es gekommen war. Womit hatte sie das verdient? Die Göttermutter hatte ganz sicher etwas durcheinandergebracht.

Selija schlich sich heimlich in den Wald davon, watete durch das dichteste Gestrüpp, kletterte hinauf, wo sie nur konnte, vielleicht würde sie ja herunterfallen, beugte und streckte sich, vielleicht würde es ja vor der Zeit herauskommen. Sie tat das so lange, bis genau das geschah, ein stechender Schmerz, das Fruchtwasser floss ab, Selija packte ein junges Bäumchen, riss die Blätter ab, winselte: »Komm schon raus, du wirst mich noch umbringen!«, manchmal sind die Kinder so, sie sterben nicht nur selbst, sondern nehmen gleich auch ihre Mutter mit, solche Geschichten kursierten in rauen Mengen.

Selija zitterte am ganzen Leib, sie hatte sich ausgezogen, um die Kleider nicht mit Blut zu beflecken, der Schmerz ließ bald nach, bald brachte er sie wieder fast um den Verstand. Wer weiß, wie lange es dauerte, Selija ermattete, die Tiere des Waldes kamen und sahen nach, rührten aber nichts an, denn sie begriffen, was da vor sich ging, das waren doch die allereinfachsten Dinge.

Sogar die Alte mit den Wolfsbissen am Bein schaute vorbei. Sie sagte kein Wort, starrte Selija nur mit zur Grimasse verzerrtem Gesicht an. »Was willst du denn, was geht dich das an? Geh deines Weges, nichts darf wohl ohne dein Wissen geschehen, so aufsässig … Ich sollte dir ins Gesicht spucken, aber dazu fehlt mir die Kraft.« Und überhaupt, wir sollten sie loswerden, diese Alte, sie ist völlig unnütz, steckt nur überall ihre Nase hinein, und dann erzählt sie auch noch der Göttermutter wer weiß was über sie selbst. »Wart nur, ich komme schon wieder zu Kräften, dann hat dein Stündchen geschlagen, ich flöße dir deinen eigenen Trunk ein, dann fault dir die Zunge ab, oder streiche dich mit einer Salbe ein, sodass du dich bei lebendigem Leib häutest. Ich bin kein Wolf, mich wirst du nicht so schnell los, von mir genest man nicht. Schade, dass ich so schwach bin, sonst würde ich es dir hier und jetzt zeigen, du würdest ins Verderben stürzen, noch bevor du deine Gedärme aufsammeln könntest.«

Selija erwachte von einem Fiepen, die Alte mit den Wolfsbissen am Bein war weg, niemand war mehr da, nur ein blutiges kleines Knäuel zwischen den Beinen. Ein Mädchen, natürlich, das Mädchen, ihr Kind. So winzig, klitzeklein, voll Blut, so schwach. Es winselte leise, so leise, als wollte es sich verstecken und nicht um etwas bitten. Selija hob es mit einer Hand auf, vorsichtig, musterte es, ja, da waren die Hände und auch die Füße, das Mädchen blinzelte, so warm, schnappte nach Luft, schwach, nach Kräften, das kleine Geschöpf der Götter und der Erde, Selija konnte sich nicht sattsehen, mit welcher Kraft es sich am Leben festkrallt, dieses noch so winzige Seelchen, der Schmetterling, das Frühlingswunder.

Selija schnitt mit einem eigens dazu mitgebrachten Messer die Schnur durch, die sie verband, legte das Mädchen vorsichtig ins Gras, wartete, bis der Rest herausfiel; seit der Geburt von Bentis wusste sie, wie sehr der Körper sich reinigt, putzte mit feuchtem Gras die Beine und wischte das Blut ab, zog ihre Kleider wieder an. Ihr war leicht schwindlig, das Mädchen lag ruhig da und wartete. Selija riss ein dickes Grasbüschel aus, noch ein wenig, presste das Gras fest zusammen und drückte den Knäuel auf das Gesicht des Mädchens. Sie musste ihn gar nicht allzu fest draufdrücken, das Mädchen fuchtelte ein wenig mit den winzigen Armen, zuckte und wurde dann ganz ruhig. Das war es auch schon. Jetzt musste sie es nur noch in Leinen wickeln und gut verstecken.

»Da, sieh nur, du altes Weib! Du hast mir nicht geholfen, also habe ich die Sache selbst in die Hand genommen, wer von uns ist jetzt die Stärkere? Altes Weib, du sagst, das sei der Wille der Göttermutter, man könne sie nicht in jedem Fall umstimmen? Sieh nur, da liegt er jetzt, dieser Wille, eingewickelt in Leinen, ohne zu weinen und zu atmen.«

Selija trug das Bündel noch etwas weiter, in den dichten Wald hinein, steckte es tief in einen Haufen Zweige und ließ es, ohne sich umzudrehen, ohne jemanden zu verfluchen oder jemandem zu danken, zurück, ging, den weißen Bernstein an ihrem Hals festhaltend, den weißen Milchtropfen mit dem kleinen braunen Kreuz, wie aus geronnenem Blut.

13. Met

Gondas hatte mit seinen Männern und Wagen die Heimat schon fast erreicht, als er eine Nachricht erhielt. Die Gesandten des Kaisers von Rom, darunter Quintus Atilius, ein gelehrter Mann, kamen mit Händlern in die Lande der Ästier, um mehr über die Völker des Nordens, Reisezeiten, Entfernungen und Richtungen zu erfahren. Mithilfe dieser Informationen wollten sie Karten zeichnen, die die Neugier des Kaisers befriedigen würden, aber auch den Soldaten und Händlern von Nutzen wären.

Gondas schickte seine Leute nach Hause, natürlich zusammen mit der ganzen Wachmannschaft und den Soldaten – nicht einmal hier, in der Heimat, war man noch sicher. Er behielt nur einige der erfahrensten Männer bei sich, sie wollten sich schon auf die Suche nach den Römern machen, als sie diese selbst angeritten kommen sahen. Was für Händler sollen das denn sein: Kein einziger Wagen, nur Berittene? Ihre Panzer und Schilde verrieten, dass es keine Germanen waren, es gab also nichts zu befürchten, die Römer waren meist friedlich, eher dafür bekannt, etwas zu kaufen als jemanden zu töten.

Gondas begrüßte als Platzherr die Gäste, wie es sich gebührt, zwar mitten im Wald, aber auf eigenem Boden; er wandte sich in Latein an sie, das hatte er auf seinen Reisen gelernt, besonders, was den Handel betraf – was kann denn verkaufen, wer weder reden noch rechnen kann? Der wird postwendend übers Ohr gehauen.

Die Römer wunderten sich, als sie ihre Sprache hörten, sie hatten Übersetzer dabei, die sich ein wenig in den Sprachen der Ästier auskannten, die einander so ähnlich waren, dass man nur eine zu erlernen braucht, um sich mit allen unterhalten zu können. Die Übersetzer wurden jedoch nicht gebraucht, es reichte, dass sie zuhörten und an der einen oder anderen Stelle etwas erläuterten.

Die Römer sprachen anfangs nicht einmal über Waren, sondern stellten Fragen zu Gondas' Stamm und dessen Nachbarn, was wo war, Flüsse, Städte, sie ritzten alles mit Metallgriffeln in den Wachs, wahrscheinlich von hier, auf Holztafeln; ihr Kaiser wollte nicht nur die Ränder seines Reiches kennen, sondern auch, was sich dahinter befand, was man bei den nördlichen Barbaren Gutes erwerben konnte, wie viele und ob es starke Krieger waren – vielleicht könnten sie sich ja im Falle eines Falles den römischen Soldaten anschließen und sie bei der Bewachung der Reichsgrenzen oder der Eroberung neuer Länder unterstützen. Den Bernstein kannten natürlich schon alle, seine ständige Lieferung nach Rom war gesichert, die Ästier brachten ihn selbst hin, die Römer mussten dafür nicht selbst in solche Fernen schweifen.

Ihre Neugier hatte die Römer auch an die Küste geführt, um mit eigenen Augen zu sehen und später dem Kaiser zu schildern, wie man diesen Bernstein förderte: Man findet ihn am Strand, oder es laufen die Männer ins kalte Wasser, fast nackt, nur mit einem Lendenschurz bekleidet, mit Netzsäckchen an einem langen zweigehörnten Stecken; damit schöpfen sie das Meerwasser vom Grund, der Bernstein bleibt mit Tang und anderem unnützen Kleinzeug darin hängen. Kleine, zuweilen auch mächtige Klumpen, groß wie Kinderköpfe – die Stecken verbiegen sich stark, während sie sie emporziehen. Die Sammler sind erfahren, werfen die Netze nicht grundlos aus, sie wissen, wo man sie eintauchen muss, meist ziehen sie sie voll aus dem Wasser; sie wissen, wann sie ans Meer gehen müssen, und wann sie mit leeren Händen zurückkehren werden. Sie scheuen das kalte Wasser nicht, sogar im Winter waten sie hinein; ob Tag oder Nacht, auch bei stürmischem Wetter, lassen sich mit vollen Netzen von einer günstigen Welle ans Ufer spülen, wo die Frauen schon warten, allerorten Feuer gemacht haben, sie sammeln den Bernstein ein und decken die Männer mit am Feuer gewärmten Decken zu, bis die wieder bei sich sind und ins Wasser laufen können.

Solches erzählten die Römer, das wusste Gondas auch selbst, das war nicht neu für ihn, er hatte es selbst mehr als einmal gesehen, als er Bernstein direkt am Strand kaufte, ihn gegen Feuerstein, Knochen, Pelze und anderes eintauschte, davon hatten sie dort nur wenig, besonders aber gegen Silbermünzen, die die Küstenbewohner liebend gern entgegennahmen, sie füllten ihre Säckel mit römischen Dinaren und Sesterzen mit den Konterfeis aller möglichen Kaiser oder deren Frauen. Kaum auf dem Thron, ließ der Kaiser in Rom auch schon neue Münzen mit seinem Antlitz prägen, und schon bald reisten diese auch an die Ostsee, um gegen Bernstein eingetauscht zu werden. Dann kamen alle zusammen und schauten voller Neugier, was das für einer ist: Ob er dem früheren ähnlich sieht, vielleicht die Nase etwas länger … oder die Augen treten stärker hervor … oder sein Haar ist gelockt. Dann steckten sie sie wieder in ihre Säckel, Geld ist Geld, was auch immer für ein Kopf darauf prangt.

Die Bernsteinsammler wussten genau, wer was brauchte und was Wert besaß; je größer und weißer die Brocken, desto mehr verlangten sie dafür – und noch mehr, wenn darin seit Ewigkeiten ein Getier eingeschlossen war, eine Fliege oder ein Käfer; und handelte es sich dabei gar um eine Eidechse, so konnte man das Geld dafür kaum aufbringen, nur gut, dass man sich später in Aquileia schadlos hielt. Sie sahen aus wie einfache Fischer, aber nein, die Ekel kannten sich aus, sag, was du willst, sie hielten ihren Preis. Und auch die Frauen von der Küste, auch die mischten sich ein – ein Heidenlärm, und der Preis stieg noch weiter, da zahlte man besser sofort den gewünschten Preis und ging seiner Wege. Nicht nur die Römer sagten das, auch Gondas wusste, dass die Frauen an der Küste gleich viel Macht besaßen wie die Männer, und wenn die zu kreischen begannen, dann hatte man drei Tage lang Ohrensausen.

Gondas' Gesandte brachten in der Zwischenzeit Met und Trockenfleisch aus der nächstgelegenen Siedlung herbei, diese schöne Freundschaft, die abgeschlossenen Geschäfte wollten doch bekräftigt sein, und die Römer, auch wenn eher den Wein gewohnt, hatten nichts gegen die lokalen Getränke, dem Met gaben sie sogar den Vorzug gegenüber dem rostbraunen Bier der Germanen, das sagten sie selbst, aber vielleicht wollten sie sich ja nur einschmeicheln. Die Römer zogen ihre Becher aus Glas hervor, die nahmen sie selbst auf Reisen mit, wir schenkten uns und auch ihnen ein … wenn wir von etwas im Überfluss hatten, dann war es Met. Ein Glas zerschlugen wir, die Krieger waren das noch nicht so gewohnt, so hatten die Kinder ein paar Scherben zum Spielen, sie sammelten sie alle auf, sogar die winzigsten. Kaum gingen die Krieger und Händler auseinander, liefen die Kinder herbei – woher die nur alle kamen, die Gesichter mit Beeren verschmiert – Erbsen, Bohnen und Rüben waren ausgesät, die wichtigsten Kinderarbeiten im Frühling erledigt, sie wussten, sie würden etwas Interessantes finden, einer, seht nur, verlor beim Herumfuchteln sogar eine Brosche oder Münzen, wer wollte schon im Gras danach suchen, oder auch eine abgewetzte Speerspitze beim Durchsehen der Waffen, so viel Freude für die Kinder, beim Aufteilen prügelten sie sich.

Weil alles so schön war, versuchten die Römer uns auch noch ihre Schmiede- und Schmuckarbeiten unterzuschieben: »Nein danke, davon haben wir selbst genug, darin sind wir selbst gut, von den euren haben wir noch vom letzten Mal welche. Unsere Frauen halten mehr von den hiesigen Meistern, die mischen natürlich auch von den Kügelchen aus der Ferne darunter, tragen Email auf, rotes, blaues, gelbes oder grünes, ganz wie die Kundin möchte, doch sie fügen auch eigene Details ein, Messinganhänger mit gestochenem Lochmuster, kleine Ringe, so sind es unsere Frauen gewohnt, so entspricht es ihrem Verständnis von Luxus, so wollen sie es, besonders die reichen, die sind überhaupt ganz launisch, und wenn sie etwas wollen, dann sollte man lieber klein beigeben.« So sprach Gondas, die Römer nickten nur beipflichtend, so etwas verstand man in aller Herren Ländern, dazwischen trank er Met, goss sich sogar davon auf die Hose.

14. Wasser

Wer könnte jetzt noch sagen, warum genau Kirnis an jenem Abend durch den Wald schlich. Wer hatte denn überhaupt eine Ahnung davon, wo er hinging und wozu? Er trottete fröhlich durch das Gehölz, seine Beine bleiben an den Ästen hängen, die Glöckchen seiner Schuhe bimmelten, man hörte ihn von fern, die Waldtiere scheuten, er bohrte immer wieder in der Nase, wenn eine Fliege sich dorthin verirrte. Er ging fröhlich seines Weges, pflückte hier eine Beere, horchte da dem Vogelgezwitscher, zerquetschte dort eine Dasselfliege.

Sogar ein Lied stimmte er an, seine Laune war ausgezeichnet. Er erinnerte sich an die guten Zeiten, als er eine Frau hatte, im Geheimen, in einem anderen Dorf, wunder-, wunderschön, jung, mit zwei Kindern, nicht seine, nichts zu machen, und einem Mann, aber der befand sich dauernd auf Kriegszug, also hatte die Frau sowohl Zeit wie auch Lust. Zuerst schien alles nur eine simple Geschichte zu sein, nichts dabei gedacht, kam und ging und Schluss, alles Gute. Doch dann geschah etwas mit Kirnis. Er brauchte nur noch sie, sonst niemanden, man konnte ihn zu verkuppeln versuchen, mit wem immer man wollte, er nahm keine – auch Gondas hatte mehrmals gestichelt: »Kirnis, du brauchst eine Frau, nimm dir, welche immer du willst, du bist mein bester Krieger und mein bester Freund.« Aber nichts da, Kirnis ließ sich nicht verkuppeln, er war schon immer ein seltsamer Kerl, sagte Gondas' Vater, und seine Mutter pflichtete ihm bei, selbst als sein bester Freund konnte er sich nicht einmal im Traum vorstellen, dass Kirnis' Schicksal besiegelt war, dass er sein Leben schon lebte.

Kirnis begab sich nur abends dorthin, es wurde langsam brenzlig: Er ging zu oft hin, jeder hätte ihn durchschauen können. Gut, dass die Kinder noch klein waren – wenn sie überhaupt etwas sagten, dann schenkte niemand ihnen Beachtung – die anderen dachten: ›Die sind noch so unbedarft, was denn für ein Mann, wenn der Mann im Krieg ist, in den Diensten des römischen Kaisers kämpft, mit der schwersten aller Rüstungen auf dem allerschönsten Pferd in Dakien sein Schwert schwenkt.‹

Wenn er nur wollte, erinnerte sich Kirnis noch immer an ihre Hände – groß, rau, im Wasser eingeweicht –; keine einfache Sache, den Haushalt allein zu machen, und wenn schon, dass ihr Mann manchmal Geld heimbrachte, sie musste den Kindern zu essen geben und putzen und nähen, Münzen kann man weder essen noch sich damit zudecken; und außerdem wusste sie ja nie, ob er diesmal heimkäme, da hob sie die

Münzen besser auf. Groß, rau, im Wasser eingeweicht, aber so schön, so sanft – wenn sie ihn berührte, schien sie sein Herz zu streicheln. Kirnis würde diese Hände gegen nichts eintauschen, nicht einmal gegen so verhätschelte wie die von Selija.

Unter den Kleidern war ihre Haut schneeweiß, sie leuchtete sogar im Mondschein. Tagsüber hatte er sie fast nur von weitem gesehen. Groß, schlank, biegsam wie eine Schlange, wenn sie ihn umarmte … wie ein Schloss, als wollte sie ihn nicht mehr freilassen. Genau das brauchte Kirnis, er wäre bis in alle Ewigkeit so liegen geblieben, versteinert oder was immer ihr wollt – Hauptsache, neben ihr.

Morgens ging Kirnis zum Flussufer, schaute ins Hochwasser und überprüfte, ob er sich noch erkannte. Sein Herz war ein vollkommen anderes, voller Sanftheit: Tränenbäche flossen, als müsste das so sein.

Hin und wieder kehrte ihr Mann heim, verirrte sich aus der Ferne nach Hause, aufgeblasen, das Pferd glänzte, das Schwert wie keins, das er kannte, er war ein römischer Soldat, will heißen, nicht irgendwer. Er lief mit hocherhobenem Kopf herum, schubste seine Frau wie eine ganz gewöhnliche Sklavin herum: »Gib mir das, bring mir jenes, dein Herr ist zurück, dein Wohltäter und Verteidiger.« Die Kinder würdigte er keines Blickes, es sei denn, eines von ihnen kam ihm zu nahe oder fing an zu weinen, dann trat er ihm so in den Hintern, dass es Purzelbäume schlagend davonflog. Keiner war bei uns so widerlich, so aufgeblasen, nicht einmal Gondas. Wenn er von Kirnis erführe, würde er vor Eifersucht platzen – nur die Rüstung hielte ihn noch zusammen.

»Ich könnte ihn erstechen«, pflegte Kirnis zu sagen, doch die Frau bat ihn, es nicht zu tun, flehte ihn an, sie fürchtete sich vor der Göttermutter. Er würde wieder losreiten, und alles käme wieder in Ordnung. Und so war es auch. So ging das Jahr um Jahr, wenn Kirnis zu Hause blieb und nicht mit Gondas' Vater mitritt. Er dachte nie daran, ihr etwas mitzubringen, nur alle möglichen Geschichten, die er ihr ins Ohr flüsterte: Was er gesehen hatte, wie die Leute dort lebten, wie sie sich kleideten, wie die einen sich jeden Tag wie zu einem Fest herausputzten, während die anderen betrunken herumtorkelten, herumschrien, stahlen und plünderten – man musste nur für einen Augenblick die Aufmerksamkeit verlieren, schon war man sein Säckel los, vielleicht auch sein Leben. Er flüsterte, während die Frau ihm immer weiter Haar, Rücken, Gesicht und Hände streichelte, sie sagte fast nichts, was sollte sie auch sagen, wo doch alles auch so klar war. Nur manchmal fragte sie, ob etwas wirklich so war, und er wusste nicht, ob sie nicht an das Leben in Rom glaubte oder an das hier.

Die Kinder wuchsen heran, gewöhnten sich an Kirnis, die Nachbarn sahen es, gewöhnten sich auch daran, sie schwiegen – denn kaum würde einer den Mund aufmachen, hätte er ein Messer im Bauch stecken, falls nicht von Kirnis, so von ihrem Mann. Was kümmerte es sie: Die Menschen hatten ihr eigenes Leben, es gab genug, worum sie sich sorgen mussten.

An jenem Abend schaute Kirnis aus den Bäumen zu wie jedes Mal, wenn ihr Mann zu Hause war. Er konnte nicht ohne sie leben, also beobachtete er sie wenigstens. Sie war so schön, lächelte, streichelte die Kinder, ging ihren Arbeiten nach, möglichst oft draußen, denn sie wusste, dass Kirnis ihr zuschaute, sie spürte es, auch wenn sie nie nachfragte. Ihr Haar war lang, flatterte im Wind: »Was soll das denn wieder«, brummelte ihr Mann immer, »du flatterst mit deinen Borsten herum, sie werden mir noch das Fleisch verfilzen.« Doch die Frau kümmerte das nicht im Geringsten, sie wusch sie nur mit Kräutern, damit sie noch stärker glänzten und man sie sogar hinter dem Baum hervor sehen konnte.

Die Pferde hörten alle zu spät, sowohl die Dorfbewohner als auch Kirnis, benommen vor Liebe. Sie sahen nur, wie sich die Germanen schon am Verteidigungswall zu schaffen machten, schon über die Gräben preschten, die Pferde unter Peitschenhieben den Wall emporkraxelten; die Männer hatten nicht einmal mehr die Zeit, ihre Speere richtig in die Hand zu nehmen. Geschrei, Feuer, alle liefen hin und her, während die Germanen immer wieder zustachen.

Kirnis war wie versteinert. Er wusste, wenn er hervorkam, würde er als Erster erstochen, er hatte nicht einmal einen Feuerhaken in der Hand. Er sah nur die Frau mit den Kindern zum Wald rennen, der Mann hinterher, da hast du den tapferen Krieger, er rannte allen voran davon und überholte sogar seine Frau. Als jene näherkam, sprang Kirnis aus dem Baum, er wollte sie mit seinem Körper decken. Aber nein. Die Pfeile kamen von hinten angeflogen. Schon stürzten die Kinder zu Boden, das erste, das zweite, Kirnis eilte zu ihnen, vielleicht würde er ja noch rechtzeitig da sein, aber schon fielen auch der Mann und schließlich die Frau. Seine Frau, durchbohrt von einem Speer. Kirnis rannte nicht mehr, das war's, er ging langsam zu ihnen, Blut über Blut, der Speer hatte sie durchbohrt: »Tötet auch mich, bitte!«, er ging langsam und aufrecht, schrie lautlos, aber niemand schenkte ihm Beachtung, als hätten sie schon bekommen, was sie wollten. Und der Himmel so blau, so blau.

Kirnis ging seines Weges, der Schuh glänzte, die Glöckchen bimmelten, ›Genau da bin ich gestorben‹, zwar nicht durchbohrt, aber seither nur noch ein Schatten, ein guter Krieger, das Schwert heben selbst Gespenster. Die Eulen aber waren wie besessen an diesem Abend, sie uhuten wie vor einem Unglück.

Die Eulen schrien, etwas fiepte unter den Zweigen im tiefsten Wald, hier würde das laute »Uhu«-Gerufe Lebende und selbst Tote aufwecken. Finsternis, Kirnis war sie gewohnt, die Nacht konnte ihm nichts anhaben. Er ging weiter, die Zweige unter den Füßen krachten, zerbrachen; jemand, der sich das nicht gewohnt war, bekäme jetzt Angst. Etwas fiepte, immer lauter und lauter. Kirnis entfernte sich und kehrte zurück, die Neugier hatte ihn gepackt, aber auch das Herzflattern. Kein Tierchen, das war klar, was auch immer, aber die Tierstimmen kannte Kirnis nach so vielen Jahren im Schlaf, und außerdem läuft nicht lange lebendig im Wald herum, wer das nicht tut, denn bald kommt ein Bär und erledigt ihn.

›Ich könnte ja gehen, mich ruhig schlafen legen, das gäbe weniger Probleme‹, dachte Kirnis bei sich, aber weit gefehlt, die Beine trugen ihn wie von selbst ins Gebüsch, der mit Schweinefett eingeriebene Schuh glänzte im Mondschein. Kirnis wusste, was es war, er könnte gehen, ohne sich einzumischen, aber wie sollte er auch. Er bückte sich und sah nach, rieb sich die Augen, die finsterste Dunkelheit, etwas fiepte, dann wurde es still, dann fiepte es wieder. Obwohl er wusste, dass das nicht passieren würde, wollte er sich für alle Fälle nicht vornüberbeugen, um ihm nicht die Augen auszukratzen.

Wie sollte er das auch, da war nur ein Stoffbündel, nicht mehr, unter den untersten Zweigen versteckt. Er versuchte es hervorzuziehen, die Stacheln der Himbeeren piekten die Hände. Kirnis fluchte, zog es dennoch hervor, bis er es auf die Hände nehmen konnte. Das Fiepen verstummte, Kirnis dachte bei sich: ›Vielleicht habe ich wirklich schon den Verstand verloren, so alt bin ich, vielleicht ist das alles nur Spuk.‹ Er wollte das Bündel schon wieder ins Gebüsch zurückwerfen, doch das Kind weinte los, endlich wie ein richtiges Kind, vielleicht spürte es ja, dass auch er ein Mensch war. Kirnis lief ein Schauer über den Rücken, woher sollte das denn kommen, er sah sich um, vielleicht war ja seine Mutter noch in der Nähe, ›Die würde mir tüchtig eins überziehen, dann wüsste ich, was es heißt, fremde Kinder an sich zu nehmen.‹ Er horchte, prüfte die Luft – nein, da war niemand außer ihm. ›Wie kommt es denn, dass die Wölfe dich nicht zerfleischt haben, kleines Kind, oder die Füchse … Sicher nicht ohne Zutun der Göttermutter‹, dachte Kirnis bei sich, erstarrt; das Kind auf den Armen heulte immer lauter, es spürte wohl, dass es endlich jemanden um etwas bitten konnte.

Kirnis versuchte das Bündel nicht aufzuwickeln und nachzusehen, was dort war – was denn wohl, ein Kind, das war ihm auch so klar. Er steckte es unter die Achsel und rannte zum Dorf, so schnell ihn seine Beine trugen; die Glöckchen waren still, das Kind war still, nur Kirnis keuchte, solche Wettrennen waren nichts für sein Alter … wischte sich den Schweiß ab, die Tränen, woher kamen denn die schon wieder, seit er tot war, hatte er nicht mehr geweint.

Er rannte schnurstracks zum ersten Haus im Dorf, hörte auf zu rennen, schlich lautlos wie ein Geist weiter, schmatzte mit seinem zahnlosen Mund, brummelte etwas. Er legte das Bündel vor die Tür, er wusste selbst nicht, warum, das Kindlein schwieg, vielleicht hatte es das Geschaukel in den Schlaf gewiegt. Er ging weg, kehrte wieder zurück, legte einen Holztrog über das Kind: Das hätte gerade noch gefehlt, dass die Wölfe es von hier wegzerrten. Kirnis schwieg, man muss schweigen, um zu leben.

Die Alte mit den Wolfsbissen am Bein lächelte im Schlaf, Gondas zählte das mitgebrachte Geld noch einmal nach, dann kehrte das Leben in seine gewohnten Bahnen zurück.

III.
GAMMA URSAE MINORIS
oder
PHERKAD
IM KLEINEN BÄREN

Pherkad und Kochab werden zusammen als die beiden »Kälber des Kleinen Wagens« (aus dem Arabischen) und als Bewacher des Himmelsnordpols bezeichnet. Pherkad ist ein heller Weißer Riese mit der 4,8-fachen Masse, der 1.050-fachen Leuchtkraft und dem 15-fachen Durchmesser der Sonne. Er dreht sich mit einer Geschwindigkeit von 180 Kilometern pro Sekunde um die eigene Achse. Am Äquator umgibt ein Gasring den Stern. Die Entfernung zur Erde beträgt etwas mehr als 487 Lichtjahre.

15. Met

Gondas kam nicht zur Ruhe, das konnte nicht sein, Bentis' Flausen hatten alles so nach hinten verschoben, dass schon der halbe Sommer vorbei war und sein Sohn die Initiationsriten noch immer nicht durchlaufen hatte. Das war wirklich nicht gut, Gondas rief erneut alle zusammen und hieß sie, die Vorbereitungen zu treffen, da er befürchtete, jene Krankheit könnte Bentis erneut heimsuchen, er wollte ihn sogar zu einer Zauberin bringen, doch Selija hatte sich quergestellt. Sie selbst blutete noch immer, Gondas war drauf und dran, auch sie zu einer Heilerin zu bringen, doch Selija wütete und tobte: »Was mischt du dich in Sachen ein, von denen du nichts verstehst, fahr deinen Bernstein durch die Gegend und halt den Mund!«

Dann schwieg er halt, aber Bentis konnte er nicht in Ruhe lassen. So versammelten sich alle im Heiligen Hain, nicht nur die Männer, etwas weiter weg vom Zentrum des Geschehens auch die Frauen und Kinder, zuvorderst Gondas' Familie als stärkste, den zweiten Kreis bildeten die übrigen Adligen, Kaufleute und Handwerker, den äußersten die Ackerbearbeiter, doch alle fanden das in Ordnung, alle waren es so gewohnt, sie stellten sich ordentlich auf, es sollte jeder alles sehen. Sogar Glesum, auch sie stand inmitten der anderen, erneut gegen ihren Willen hergebracht; sie stand da, hüpfte von einem Bein auf das andere, als hätte sie es eilig, woandershin zu kommen, vielleicht fürchtete sie sich auch nur vor Selija, sie könnte sie opfern – woher kam sie denn, dass sie keine Ahnung von der Ordnung hat, wer wollte denn bei diesem Ritual Menschen opfern? »Steh ruhig da, du bist noch nicht an der Reihe.«

Diesmal durchlief nur Bentis die Initiation; die anderen Jungen, für die es an der Zeit war, hatten sie schon hinter sich gebracht, während Bentis vom Wahn besessen war. Für alle

Fälle hatte Gondas diesmal keine Gäste eingeladen – sonst hätte er später Mühe, ihnen den Mund zu verbieten.

Selija war zwar noch ziemlich schwach auf den Beinen, hatte sich aber besonders festlich herausgeputzt. Ein Rock aus dünnstem, dunkelrotem Leinen, weiße Bluse, besticktes Kopftuch – nicht gewöhnlich zusammengebunden, nein, auf dem Rücken hielt es ihre allerschönste Spange zusammen. Die Schultern umhüllte ein Leinenumhang von hellerer Farbe mit langen Zotteln an der Unterseite, den zwei Broschen über der Brust zusammenhielten. Am Gürtel baumelten einige Bernsteinanhänger – und noch mehr davon am Hals an den Messinghalsbändern.

Gondas stand ihr in nichts nach mit seiner beinahe schwarzen, schmalen Leinenhose – er hatte auch welche aus Wolle, aber was sollte er damit bei dieser Hitze. Eine weiße Bluse, darüber noch eine, braun, die fast bis zu den Knien fiel, und ein dünner Leinenumhang, die Ränder mit wunderschönem dunklem Faden vernäht, an der linken Schulter von einer silbernen Brosche zusammengehalten. Am Gürtel Trinkhorn und Kampfmesser, die Zeichen eines wahren Anführers, die Haare mit einem Lederbändchen zusammengehalten.

Und Bentis beinahe wie sein Vater: der Stoff vom feinsten und der Schmuck vom teuersten. So war er zur Welt gekommen und so war es richtig. Glesum warf einen Blick auf Bentis, sie sah ihn zum ersten Mal, fast wie ihr Bruder, bevor sie geraubt worden war. Glesum weinte, was war das jetzt, obwohl auch Selija weinte, sie versteckte es kaum, Gondas stupste sie in die Seite: »Sei keine Heulsuse, du bist die Frau des Anführers, reiß dich zusammen und steh würdevoll da, so wie es sich gehört, und greine nicht wie ein Weichei. Wie? Schau doch, Bentis, dein Sohn, wird gleich zum Krieger. Ist das denn kein Fest für jede Mutter, eine Freude für jedes Herz?«

Natürlich, er wurde jetzt erst zum Krieger, noch ein weiter weg bis zum Anführer, er würde Kraft und Verstand unter Beweis stellen, die Menschen davon überzeugen müssen, dass er die Führung verdiente, ihre Zustimmung erhalten. Der Stamm brauchte keinen verpimpelten Anführer, selbst wenn er noch so reich war, denn so ein Stamm würde nicht lange überleben. Zu seinen Aufgaben gehörte es, Rechtsstreitigkeiten zu lösen, die Angriffe der Germanen zurückzuschlagen, Waren nach Aquileia oder Carnuntum zu bringen und sie dort mit Gewinn zu verkaufen und – sich von niemandem übers Ohr hauen zu lassen. Und dann waren da noch die Männer des eigenen Stamms, die es auf seine Position abgesehen hatten, da war Schläue gefragt. Ein Tollpatsch bekam nichts, selbst wenn er reich war, obwohl natürlich Besitz nie fehl am Platz war. Ein Haufen Silber und Pelze, die besten Hengste und die härtesten Speere wirkten allein schon überzeugend auf die Menschen.

Eine Gluthitze, der Schweiß rann nur so, verdarb beinahe die Feier. Gondas wartete nicht lange und überreichte Bentis mit den anderen Stammesältesten Speer und Schild, der zwar nicht gerade groß war, aber für den Kampf unerlässlich, verziert mit heftig verschlungenen Mustern, die Ränder beschlagen – er war schließlich der Sohn des Stammesführers – und in der Mitte ein zylinderförmiger Schildbuckel, von dem die feindlichen Speere abprallen sollten. Schließlich hängte Gondas ihm noch eine Wildschweinfigur um, auf dass sie seinen Sohn in den Schlachten oder vor einzeln umherstreifenden Kriegern beschütze. So verfuhren die Ästier seit undenklichen Zeiten, die Göttermutter schützte jeden Krieger einzeln, nicht wie bei den Germanen – die trugen ihre riesigen Idole sogar aufs Schlachtfeld, damit sie alle zusammen behütet seien.

»Halt den Schild gut fest, Bentis, wenn du ihn verlierst, verlierst du deine Kriegerehre und im Handumdrehen auch das Leben!« Bentis klammerte sich daran fest wie an einem Lebensfaden; Glesum sah, wie der Schildbuckel in der Sonne funkelte, den die örtlichen Handwerker gerade erst fertiggestellt hatten, noch unerprobt, nicht verbogen, ganz ohne Rost und Blut. Glesum hüpfte ungeduldig am Ort, was sollte sie mit einem Schild, es gab keinen Schild, hinter dem sie sich hätte verstecken können, warum also spielen? Auch Kirnis schaute zu, erinnerte sich wieder, wie er den verfluchten Germanen mit dem Schild eins überzuziehen pflegte, wenn sie ihm zu nahe kamen, der Schildbuckel zertrümmerte ihnen sogar das Brustbein, zack!, krach!, und keiner fuchtelte mehr mit dem Schwert herum.

Selija weinte immer noch – erst als Gondas sie schubste, fasste sie sich wieder, hängte Bentis voller Stolz einen Bernstein um den Hals, nur einen, dafür aber großen, wie es sich für die Bewacher der Handelskolonnen auf der Bernsteinstraße gehörte. Genau dazu war Bentis doch erzogen worden, wie auch die anderen Jungen des Stammes.

Eidechsen liefen über die Beine, auch sie von der sengenden Sonne ganz benommen. Kirnis fragte, ob er Feuer machen solle, vielleicht sei es ja zu trocken, »Die Häuser könnten in Flammen aufgehen, die wir gerade erst wiederaufgerichtet hatten« – »Was soll das heißen, kein Feuer machen, natürlich muss das sein, und auch das Schlachten der Tiere, was ist das für ein Krieger, der nicht mit Blut beschmiert wird, einerlei, dass nicht Frühling ist, einerlei, dass die Sonne brennt, so ist es nun einmal – wollt ihr etwa den Sohn des Anführers erneut bei der Hälfte gehen lassen!« Und so machte man Feuer und schlachtete Tiere, das gebratene Fleisch hätte für eine ganze Woche gereicht, aber die Hitze ließ es schon am nächsten Tag verderben, und so brachte man es in den Wald hinaus.

16. Milch

Kaum hatte das Durcheinander, das Herbeischleppen von Holz für die Feuer begonnen, lief Glesum begleitet vom Brüllen der Tiere auf dem Weg zur Schlachtbank nach Hause.

Keine Zeit, dumm herumzustehen und zu warten, wie alles enden würde, es war auch so klar, es käme wie immer: Ritual, Essen, Met, dasselbe Geschwätz, dieselben Klagen, dieselben Lobeshymnen.

In jener Nacht schlief Glesum schlecht, Gondas war heimgekehrt, vielleicht würde er ja vorbeischauen; sie war neugierig und hatte zugleich Angst – nichts zu machen. Glesum lag da, atmete leise, Vollmond, ein seltsam milchiges Licht schien ihr ins Gesicht … Doch da sprießen die Kamillestauden langsam, eine nach der anderen, es sind schon viele, sie recken sich, öffnen ihre Blüten, eine große Kamillewiese, soweit das Auge reicht, Blüten über Blüten. Schneeweiß, so schön, und die gelben Mittelpunkte leuchten wie kleine Augen, als würden sie alle sie anschauen. Glesum spaziert über die Wiese, streichelt die Köpflein der Kamillepflanzen, bückt sich, um an ihnen zu riechen. Sie pflückt einige, ihren Kopf schmückt schon bald der größte Kamillenkranz, hübsch geflochten, dauerhaft. Glesum holt aus und schleudert den Kranz, so weit sie kann, doch auf dem Kopf ist schon ein neuer. Sie wirft auch diesen weit weg von sich, doch vergeblich – schon wieder ein neuer. So oft sie einen Kranz wirft, so oft erscheint ein neuer. Glesum sieht, das sind keine Kränze mehr, die Kamillen wachsen bei ihr wie Haare. Glesum reißt sie aus, so schnell und so viele sie kann, die Kamillen zerdrückt sie zwischen den Fingern, sodass es Blüten regnet, doch immer neue wachsen nach. Glesum kratzt sich überall, um sie loszuwerden, sie wachsen auch schon an den Händen, Beinen, auf der Brust, am ganzen Körper, sie versucht sich noch zu befreien, wie wild zu kratzen, bis sie im Dickicht der weißen Kamillen mit den gelben Äuglein, die sie anstarren, zu ersticken beginnt …

Als sie erwachte, schlug Glesum noch eine Weile in der Dunkelheit um sich, wahrscheinlich war der Mond schuld, wer denn sonst. Sie griff sich immer wieder an den Kopf, nein, dort war nichts außer den hässlichen Locken, sie konnte beruhigt sein. Sie meinte Schritte zu hören, aber heute war eine solche Nacht, da wusste man nie, was um einen gerade spukte. Und ein Winseln glaubte sie zu hören, doch Glesum wälzte sich auf die andere Seite und versuchte einzuschlafen.

Aber wie sollte sie das – vor lauter Angst bekam sie kein Auge zu. ›Ich gehe auf den Hof‹, dachte Glesum bei sich, ›betrachte den Mond, was mit ihm los ist, vielleicht wird ja der Mond meinen Kopf durchlüften.‹ Kaum hatte sie die Tür geöffnet und war einen Schritt gegangen, da trat sie auch schon auf die Wanne. Wie war denn die hierhergekommen? Dem Mond konnte sie die Schuld nicht in die Schuhe schieben: Davon hatte noch nie jemand gehört, dass der Mond Dinge auf dem Hof herumwirft. Glesum hob die Wanne auf und trug sie zur Wand. Da winselte etwas. Oh Göttermutter, da war ein Bündel, die verrücktesten Dinge passierten. Sie bückte sich, sollte sie es nehmen oder nicht, aber was sollte sie sonst tun, wenn das Bündel vor ihrer Tür lag, sie müsste ja jedes Mal darübersteigen, wenn sie hinausging. Nur gut, dass es nicht ganz dunkel war, dass sie noch etwas sah.

So nahm Glesum das Bündel mit hinein, wickelte es auf, rollte es auf – so viele Windungen, dass sie schon fast glaubte, ein Schatz stecke da drin. Oh Göttermutter, ein wahrer Schatz, ein Baby, ein kleines Mädchen, so klein, kaum noch Leben, der Atem schwach, es war ganz blau. Gut, dass Sommer war, so hatte es sich wenigstens keine Erkältung geholt. Glesum deckte das Mädchen zu, ließ es zurück, ging fremde Tiere melken, woher sollte sie auch eigene haben. Diese brüllten, als würde es sie reuen: »Seid still, ich brauche nur einen Tropfen, da ist doch nichts dabei. Seid still«, flüsterte Glesum, »sonst kommt noch jemand, ich weiß ja nicht einmal, ob mein Kind noch lebt.«

Glesum brachte die Milch nach Hause, noch warm, sie sog sie auf, beugte sich über das Mädchen, drückte ihm den winzigen Mund auf und flößte sie ihr Tropfen um Tropfen ein. Das Mädchen öffnete und schloss die Äuglein, zuerst begriff es noch gar nicht, doch schon bald machte es selbst den Mund auf und verschlang die Milch, Tropfen um Tropfen. Glesum lächelte – was wusste sie schon, selbst noch ein Kind.

»Du bist Bezlėja, die Göttin der Abenddämmerung«, sagte Glesum zum Mädchen und tröpfelte ihr weiter Milch ein.

Und so ging das Morgen für Morgen, Abend für Abend. Glesum lernte mehr Milch auf einmal heimzubringen, um nicht dabei erwischt zu werden, sie tat von einem bestimmten Kraut in die Milch, so wurde sie nicht sauer. Das Mädchen kam wieder zu Kräften, die blaue Verfärbung verschwand, sie wurde immer stärker, war still und ruhig, weinte fast nie, störte niemanden, wuchs in Stoff gewickelt leise heran.

Glesum hatte, was sie nie hätte haben sollen – ein Kind. Das machte ihr Angst, es war doch nicht so vorherbestimmt, aber was konnte sie schon tun, wo doch das Mädchen selbst zu ihr gekommen und auch noch unter die Wanne gekrochen war. Glesum wiegte das Mädchen, ließ es nicht aus den Händen, sang Lieder, die ihre Mutter für ihre Brüder gesungen hatte. Für sie hatte sie nie gesungen, wer wollte schon für eine Vogelscheuche singen, die wachsen auch ohne Liebe auf. Sie sang über die Sonne und über das Leben, über Glück und Unglück, auch über den Tod, wer weiß schon, eines Tages musste ja jeder sterben. Sie sang schön, ihre Stimme glich der eines Vogels, deshalb war das Mädchen ruhig und lächelte, so klein, und beinahe glücklich. »Mich wollte man nicht, dich wollte man nicht«, sang Glesum, warum hätte sie das nicht tun sollen? »Und ja, wie gut haben wir zwei es zusammen.«

Glesum fragte sich nie, woher dieses Mädchen kam, wie hätte sie es denn herausfinden sollen. Wenn jeder Beliebige sie nach Lust und Laune an den Haaren ziehen konnte, und niemand Fragen stellte, was war dann dabei, ein so winziges Geschöpf vor ihre Tür zu legen? Das Leben ging weiter, das war's auch schon. Glesum hatte ein Mädchen, das sie liebte, und damit hatte es sich. ›Wenn aber jemand versuchen sollte, mir die Kleine wegzunehmen, dann würde ich ihm mit eigenen Händen den Hals aufkratzen, die Därme herausreißen und sie zur Freude der Krähen an den Bäumen aufhängen. An mir könnt ihr herumzerren, so viel ihr wollt, ich werde mich nicht wehren, aber das Kind rührt ihr mir nicht an!‹

Gondas kam erst nach einer guten Weile, das Kind war schon wieder ganz munter, wunderschön, nur etwas bleich so ohne Sonne. Gondas stand lange da, starrte es immer weiter an – der Anführer, kaum sah er das Kindlein, verschlug es ihm die Sprache, er hatte zwar schon ganz anderes gesehen, aber da seht ihr's.

»Mein Kind«, sagte er nur, und schaute das Mädchen wieder an, befingerte es. Glesum schwieg.

»Wir wollen sie Julia nennen«, sagte Gondas.

Glesum errötete, ballte die Fäuste. »Sicher nicht, mit so einem Namen erwürge ich sie.« Und sie schüttelte immer weiter den Kopf, bis Gondas genug hatte und beide in Ruhe ließ. Er befahl nur noch, dass man den beiden mehr Essen und Stoffsachen bringe, auch Silber brachte er ihr, doch als er Glesums Blick sah, nahm er die Kostbarkeiten wieder mit.

17. Nebel

Gondas war glücklich. Zum ersten Mal in seinem Leben. Er hatte Glesum – und auch das Mädchen. Es sah ihm so ähnlich, blaue Augen, hellblondes Haar, ein Kind der Nebel. Schade, dass es nicht wie Glesum war, aber sei's drum, sogar er, der Stammesführer, konnte nicht alles haben. Er versuchte nachzurechnen, wann das Kind gezeugt worden war, doch er kam schnell durcheinander; nur die Frauen wissen, was und wie, wann ein Kind entsteht, wann es Zeit ist, dass es zur

Welt kommt, wann noch etwas. Die Männer müssen nur das Geld zählen, mehr können sie nicht, nichts zu machen, »Wir werden geboren, wofür wir geboren werden«, das eigene Los kann man nicht austricksen. Auch ohne große Berechnungen war klar, das Kind war seins, niemand sonst würde es wagen, Glesum nahezukommen; sein Kopf würde, noch während er das auch nur versuchte, zu Boden rollen. Gondas war gutmütig, sehr sogar, aber Ordnung ist Ordnung – was ihm gehörte, das war sein. Er hatte sie entdeckt, er hatte sie mitgebracht, seine Beute, sein Schatz. »Versucht ruhig, sie zu berühren … ihr werdet sehen, zack, und eure Hand ist weg. Was sagt ihr dann?

Damals aber, in Aquileia, ging ich mit meinen Männern durch die Stadt, wunderschön, die Häuser mehrstöckig, wir sind zwar wohlhabender als die Germanen, aber mit Sicherheit nicht reicher als die Römer, kein Vergleich. Und erst die Menschen – es gab nichts, was es nicht gab: die Allerreichsten, aufgeplustert und überall mit Gold behängt, aus aller Herren Ländern, bei den einen nur das Haar schwarz, bei den anderen auch die Haut. Sowohl die Sklaven als auch ihre Herren und natürlich die Frauen wunderschön, das Haar gefärbt, die Tuniken flatterten im Wind. Die einen gingen selbst zu Fuß, andere trug man auf Sänften, zuerst dachte ich, die seien sicher krank, aber nein, es waren die Stärksten, nur hatte sie der Luxus überwältigt. Wie sollte ich meinen Männern klarmachen, dass es hier als äußerst ruhmvoll galt, nicht selbst auf dem Pferd zu reiten, sondern schlaff der Länge nach auf einer Sänfte zu liegen? Wozu so viel Reichtum, wenn du ihn nicht mehr selbst tragen kannst?

Wir spazierten durch die Stadt, bald staunten wir, bald schlenderten wir einfach so herum, was wir mitgebracht hatten, verkauften wir, den Bernstein riss man uns hier fast aus den Händen, wir durften ihn nur nicht zu billig weggeben, die Frauen musterten meine Männer, dazu hatten sie auch allen Grund, sie waren schön, stark, kein krummer Rücken von der Rüstung, die Muskeln ließen ihre Hemden platzen, die Münzen klimperten in ihren Säckeln, das Haar gekämmt und hübsch zusammengebunden, wie sollten sie da denn nicht hinsehen ... Mir war das egal, ich gönnte ihnen ihr Vergnügen, es sind gute Männer, sie schlachten die Germanen ohne jede Mühe ab, wenn sie uns unterwegs angreifen, sie beschützen meine Kostbarkeiten und sind doch gehorsam wie Frauen. Ich erlaubte ihnen, um die Häuser zu ziehen, gab ihnen auch noch ein paar kleine Bernsteine mit, sollen sie die Schönheiten dieser Stadt doch zum Staunen bringen, so ein Geschenk gab es nicht jeden Tag, für mich war nur wichtig, dass sie am Morgen wieder geschlossen antraten, das taten sie immer, Pflicht ist Pflicht, kein Einziger hatte sich je verspätet und von den Frauen einlullen oder von Männern umbringen lassen. Wo könnte ich bessere finden?

Ich ging nahezu allein durch die Stadt, die Männer folgten mir in gebührendem Abstand, ich brauchte weder Vergnügungen noch Frauen – sicher nicht! Ich spazierte also ruhig durch die Straßen, morgen sind wir schon auf dem Heimweg, der ist lang, aber unsere Wagen sind gut und bequem, wir werden nicht allzu müde, wir haben unsere Rasthalte unterwegs, mit unseren Leuten, unseren Schmieden und unseren Wachen, dort übernachten wir, füttern die Pferde und flicken die Wagen, dort müssen wir nicht dauernd über die Schultern blicken und Ausschau nach Germanen oder anderen Wegelagerern halten. Dort herrscht dieselbe Ordnung wie zu Hause.

Ich mag Aquileia, die Stadt ist groß, vom ganzen Trubel dreht sich einem der Kopf im Kreis herum. Die Männer könnten auch ohne mich reisen, sie würden alles allein erledigen, aber ich kann nicht ohne diese Stadt leben – und ohne Lentia, Vindobona, Aquincum, Carnuntum und all die anderen, die an unserem Weg liegen. Ich ordne einen Halt an, wir bleiben für eine Weile, atmen Stadtluft, hören Lärm und Geplauder, das Meiste verstehen wir gar nicht, die Menschen sind aus allen Himmelsrichtungen hergekommen, haben sich alle möglichen Vorwände ausgedacht, andere müssen das nicht, die hat man unterwegs gefangen und hergebracht, um sie für einen guten Preis zu verkaufen. Auch wir tun so etwas, Tollpatsche diese Germanen, sie bitten ja selbst darum, bieten sich an. Krieger sind das … Die kann man fesseln, und dann ab in die Wagen, wenn sie schreien, ziehst du ihnen eins über – die hätten vorher schreien und sich wehren sollen oder wären besser zu Hause geblieben, wenn sie keine Ahnung von Raubüberfällen haben. Und wenn wir auf dem Rückweg welche einfangen, dann kommt uns auch das gelegen – so stehen im Fall der Fälle genügend Opfer für die Göttermutter zur Verfügung.

Doch kaum ließ ich meinen Gedanken freien Lauf, schaute nicht, wohin ich trat, stieß ich hier garantiert mit jemandem zusammen. Dann brummelte der Betreffende etwas oder fluchte laut über mich, niemand wusste hier, wer ich bin, obwohl ich hocherhobenen Hauptes durch die Straßen ging, wie es sich für einen Anführer gehört. Hier gab es Anführer wie Sand am Meer. Da und dort fächerten Sklaven einem Luft zu, zum Lachen. Da, eine Frau, eine echte Schönheit, die Sklavinnen bückten sich, liefen schnell und holten ihr, was immer sie begehrte, kaum deutete sie mit einem Finger darauf. Ich beschleunigte meinen Schritt, sie hätte sich mich ja unter den Nagel reißen können, wie hätte ich mich dagegen wehren sollen? Wenn es um einen Kampf Mann gegen Mann geht, bin ich stets als Erster zur Stelle, und sogar mit den Göttern verstehe ich mich, erbitte mir von ihnen, was ich gern hätte; aber vor Frauen fuchtelt man nicht mit dem Speer herum, kein Schild bietet Schutz vor ihnen, und auch mit Gebeten erreicht man bei ihnen rein gar nichts. Von ihnen hält man sich besser fern, denn sie bringen nur Unglück. Ich muss nur meine Soldaten anschauen, nach Aquileia sind sie jeweils noch tagelang wie benommen, schwatzen dummes Zeug – wie nach einem Hitzschlag.

Die Straßen waren hier breit und gepflastert wie im ganzen Reich, aber überall lag Müll herum, Hunde zerrten an Fleischstücken, Kinder kreischten, so viel Geschnatter und Gelächter, irgendwie schön, und Gestank drang in die Nase. Ich werde das alles vermissen, wenn ich wieder zu Hause bin, gut, dass ich nach einer Weile hierher zurückkehre. Ich ging schweigend durch die Straßen, wie es sich für einen Anführer gehörte, die Männer blieben mir aus den Augen, auch sie schwiegen, aus Angst, etwas Falsches zu sagen.

Da, seht nur, ein Vogel fliegt und krakeelt, er ist riesig, kreist mit barbarischem Geschrei über unseren Köpfen. Die Soldaten schauten sich um was ist das denn schon wieder, aber sie sagten immer noch nichts. Die anderen gingen ihres Weges, als störte der Vogel niemanden, als wäre er unsichtbar und stumm. Ruhe, aber nur kurz, dann wieder ein Schrei – wie ein Zeichen. Der bunte Vogel schrie, als wäre er schwarz. Wie soll ich das verstehen? Wir taten auch so, als würden wir ihn weder sehen noch hören, nichts da, er schrie sich richtiggehend in Rage, schoss herab, er wollte uns sicher mit seinen Krallen die Haare vom Kopf reißen. Ich hatte Angst und empfand zugleich Wut, wandte mich schon zu einem meiner Soldaten um und wollte es ihm sagen, doch da sah ich, dass er einen größeren Stein aufgehoben hat, zielte, und, flitter-flatter, lag der Vogel auf der Straße, der Kopf eingeschlagen, ein Krieger eben, getroffen, da hast du dein Zeichen, er wälzte sich schon im Blut.

Wir gingen missmutig weiter, ihr könnt sagen, was ihr wollt, es ist und bleibt ungeheuer, fremde Götter kann man nicht verstehen, ihre Zeichen auch nicht. Manchmal denken die Götter zu gut von den Menschen, erwarten zu viel Klugheit von uns, und wir wissen nichts Besseres, als mit Steinen zu antworten, mit allem um uns zu schmeißen, was wir gerade zur Hand haben.

Und dann erblickte ich Glesum. Der Abend nahte, es dämmerte, wir sahen nicht mehr richtig, wo wir unsere Füße hinsetzten, der Luxus der Häuser rundherum blendete, die täglich gegossenen Bäume rauschten, ihre Blätter waren grün, die Blüten hingen in großen Trauben herab, streiften unsere Köpfe. Ich ging weiter, mein Dolch saß fest in meiner Hand, falls mich jemand anrempelte, wäre er im Nu erstochen, ich hackte die Blüten vor meiner Nase ab, die Soldaten runzelten mürrisch die Stirn. Und da stand Glesum, so unbeschreiblich schön, schaute sich an einen blendend weißen Zaun gelehnt gelangweilt um, als warte sie auf jemanden, braunes lockiges Haar, ein Stich in meinem Herzen, im Herzen des Anführers, des obersten Kriegers, das war's. Ihre leichte, luftige Tunika unter den noch mädchenhaften Brüsten mit einem Lederbändchen umschnürt. Weder Kind noch Mensch, aber von einer unbeschreiblichen Schönheit. Eine solche Frau hatte ich nicht einmal hier in Aquileia gesehen, unter all den Schönheiten.

Ich ging ruhig weiter, an ihr vorbei, doch es war, als hätte mir jemand mit einem Speer im Herzen herumgestochert. Als ich in jener Nacht schlafen ging, lag mir das gut in Met eingelegte Fleisch schwer im Magen, die Lieder der Soldaten konnten mich nicht beruhigen, ich befahl allen still zu sein, sie antworteten mit einem Stirnrunzeln, ›Ich werde euch euer Stirnrunzeln schon austreiben und euch der Reihe nach abschlachten, dann wisst ihr wenigstens, warum ihr unglücklich seid.‹ Glesum war am Zaun zurückgeblieben, aber offenbar nicht nur sie, sondern auch meine Seele, ich musste sie holen, so konnte ich nicht heimkehren, nicht leben, wo ich doch meine Seele am Zaun zurückgelassen hatte. Auch die Toten leben, ich kannte mehr als einen von dieser Sorte, aber so wollte ich nicht leben.

Morgens, die Männer standen schon ungeduldig herum, ihre Waffen bei sich, die Pferde stampften an Ort, alle für den Heimweg bereit, sie warteten nur noch auf mein Signal, die sollen ruhig warten, hier wird nach meiner Pfeife getanzt, hier habe ich das erste und letzte Wort. So schlugen wir uns jenen Tag um die Ohren, die Männer wurden langsam wütend – sich gegen Abend auf den Weg zu machen, ist nicht sicher, aber was für Krieger fürchten sich denn vor der Dunkelheit? – am meisten runzelten jene die Stirn, die am Morgen aus den Armen einer Frau aufgestanden, in aller Herrgottsfrühe ihrem Lager enteilt waren. Ich muss sie wohl doch alle abschlachten und an ihrer Stelle Germanen anheuern, die widersprechen wenigstens nicht.

Gegen Abend befahl ich ihnen, einen leeren Wagen anzuspannen, doch wo sollten sie so einen hernehmen, sie mussten einen entladen, das dauerte eine halbe Ewigkeit, ich konnte nicht länger warten. Wir fuhren wieder dieselbe Straße entlang, blieb zu hoffen, dass sie da wäre. Da lungerte sie herum und wartete, ließ Kieselsteine durch die Luft fliegen, neckte Hunde, noch ein Kind. Ich packte sie an den Haaren, denn ich befürchtete, aus der Tunika könnte sie herausschlüpfen, keine Zeit zum Spielen, wenn jemand herauskam, um sie zu verteidigen, würde ich nicht nur meine Seele, sondern auch meinen Körper mit all seinen Fleischstücken hier lassen. Ich schnappte sie mir und hob sie auf den Wagen.

Ich überlegte schon, womit ich ihr den Mund stopfen sollte, wenn sie losschrie, als hätte jener Vogel ihr seine Stimme geliehen, ich hatte nichts Passendes dabei. Aber nein, sie schrie nicht, sie war klug, ›Du wirst meine Glesum sein‹, sagte ich, doch sie schaute mich nur stumm an aus ihren braunen, braunen Augen, weder Angst noch Unterwürfigkeit.

Wir fuhren schweigend zu unseren Leuten, Glesum schwieg, ich auch. Ein ausgestopftes Tier – genau, das war ich, hatte nie jemanden geliebt, nur getan, was anstand, doch jetzt lebte ich, atmete wie ein Mensch, kaum berührte ich sie. ›Was wohl Selija sagen wird‹, dachte ich bei mir, ›ach, soll sie ruhig, niemand redet für immer, und falls doch, bringt der Tod ihn für immer zum Schweigen.‹

Ich befahl den sofortigen Aufbruch, die Männer runzelten die Stirn, vielleicht hatte ich ja den Verstand verloren, das konnte durchaus sein, aber was sollte ich mit ihm, das wäre kein großer Verlust gewesen. Ich war schon einigen Menschen ohne Verstand begegnet, sogar Anführern, aber was denkt ihr, sie lebten und lehrten andere zu leben.

Wir fuhren, machten Halt, aßen, schliefen, flickten unsere Wagen, mit der Ladung war nicht zu spaßen, sie war so schwer, dass die Räder sich verbogen, die Pferde wurden müde. Glesum schwieg und tat, was immer ich ihr sagte, im hintersten Wagen, sie, meine Sklavin, und ich ihr Sklave. Ich schaute immer wieder nach hinten, um zu prüfen, ob sie nicht vom Wagen sprang und über die Felder davonlief – ich könnte ihr in diesem Fall nicht einmal einen Pfeil hinterherschicken, zu kostbar war sie. Aber sie sprang nicht, sie saß ruhig da, als hätte sie genau hierauf gewartet, als hätte sie es im Wagen besser als bei ihren Herrschaften. Sie sah mich an, als hätte nicht ich sie für mich genommen, sondern sie mich, ohne Groll, ohne Unterwürfigkeit, ohne Tränen, ohne einen Laut. Ich konnte sie fragen, was immer ich wollte, sie gab keine Antwort, und damit hatte sie recht, denn was gab es schon zu sagen? Wenn man ihr zu essen gab, aß sie für zwei, schlief den Rest der Zeit und wartete ab, was käme. Das tun wir doch alle.

18. Regen

Wir hätten eine friedliche Heimreise genossen, wären da nicht diese verfluchten Burgunden gewesen. Die überfielen uns frühmorgens, kaum hatte es zu dämmern begonnen, als wir rasteten – offensichtlich hatten sie jede Scheu abgelegt.

Ihre Straßenräuberei brachte ihnen viel ein, so wurden sie immer stärker, und dann hatten sie noch gelernt, uns den Bernstein für den halben Preis abzuluchsen, wenn sie für die Reise nach Aquileia oder Carnuntum gerade zu faul waren, den verkauften sie dann zu einem guten Preis und wurden immer reicher, beschafften sich immer bessere Pferde und stärkere Schwerter, ihre Gier nahm zu, und sie griffen an, wo immer sie fetten Gewinn witterten.

Sie überraschten uns im Schlaf, nur die Wachen schliefen nicht, die schlugen die Burgunden nicht sofort zurück, sodass sich jene schon den Wagen näherten. Und dazu regnete es in Strömen, die Blitze zuckten über den ganzen Himmel; schon bald war alles schlammig und nass, kaum zu überwindende Pfützen, von den Pferden zertrampelter Morast.

Ohne Glesum hätte ich seelenruhig abgewartet, die Männer würden schon mit denen fertig, es war ja nicht das erste Mal. Aber jetzt sprang ich auf mein Pferd, ›Die werden ihr blaues Wunder erleben, die Hälfte von ihnen erledige ich höchstpersönlich, mich hat noch kein Germane im Kampf besiegt. Und falls ich sterbe, weiß ich wenigstens, wofür.‹ Ich preschte zum hintersten Wagen, aus dem die Burgunden schon meine Glesum zerrten, also stürzte ich mich auf sie, hieb auf alle der Reihe nach ein, niemand half mir, es gab wichtigeren Besitz als Sklaven. Für sie vielleicht, nicht aber für mich. Ich schwang allein meinen Dolch, dem einen oder anderen zog ich auch eins mit dem Schild über. ›Woher nur nehmen die so viele Krieger, diese verfluchten Burgunden, wie die Geister am Tag der Toten?‹

Alles schien wieder in Ordnung zu sein, die befreite Glesum verschwand im Wagen, rollte sich zitternd zusammen, doch dann – zack! – ein Schwerthieb ins Gesicht, wie aus dem Nichts. Das muss man erst einmal schaffen, so zu treffen, das Blut sprudelte nur so hervor, ich erstach den Burgunden, er lag am Boden, bewegte sich noch, aber er würde den Löffel von selbst abgeben, ich überprüfte nur kurz, ob Glesum in Ordnung ist.

Meine Wunde brauchte lange, um zu verheilen. Ich lag im Fieberwahn da, man rieb mich mit Salben ein, wusch und verband mich, doch nichts half, für eine ganze Weile konnten wir nicht einmal weiterfahren. Ich murmelte im Schlaf: ›Glesum, Glesum‹, doch niemand begriff, was ich wollte, so klug und doch so einfältig. Bis eines Tages Glesum selbst zu mir kam, offenbar hatte sie es satt, im Wagen herumzusitzen. Sie verjagte die Männer, machte Feuer, stellte einen Topf darauf, gab von den Kräutern hinein, die die Alte mit den Wolfsbissen an einem Bein uns gegeben hatte, die nahmen wir immer bündelweise mit, dazu allerlei Salben. Sie kochte sie auf, rührte lange, tauchte Stofffetzen hinein und legte sie noch heiß auf die Wunde, drückte sie fest darauf, nahm sie ab, drückte wieder heiße darauf, ich schrie wie am Spieß – da habt ihr euren Anführer. Ich versuchte, die Umschläge wegzuschieben, doch Glesum warf mir einen Blick zu, dass ich sofort aufhörte, mit meinen Armen herumzufuchteln. Sie gab mir auch etwas zu trinken, doch das wollte ich nicht, sie hätte mich ja vergiften können, also drückte sie meinen Kopf nach hinten und flößte es mir ein. Soll sie mich doch vergiften, dann weiß ich wenigstens, warum. Und wem sollte ich denn vertrauen, wenn nicht ihr, etwa diesen Blödmännern, die mich mit ihren Heilmethoden fast umgebracht hätten?

Nach einer Weile ging es mir immer besser, die Wunde schrumpfte, das Herz heilte. Nur eine Narbe blieb übrig, als Mahnung, dass ich sie noch besser beschützen sollte. Von da an drückte ich das Messer noch fester in meiner Hand zusammen.«

19. Tränen

Jagaubis ging mürrisch hin und her und überlegte, wie sich die Dinge ändern sollten. Gondas war ein guter Anführer, aber wäre er, Jagaubis, etwa kein besserer? Gondas war nie da, immer nur auf Reisen, da könnte er doch leicht seinen Platz einnehmen.

Jagaubis und Gondas waren alte Feinde, einander nahezu ebenbürtig, in gleichem Maße reich und mächtig, und beiden mangelte es nicht an Klugheit. Die Männer jedoch entschieden sich immer wieder für Gondas und ließen Jagaubis links liegen, nicht viele hörten auf ihn. Das war nicht richtig, war völlig verkehrt, etwas musste geschehen – Bentis wuchs heran, würde schon bald an die Stelle seines Vaters treten, obwohl das nicht unbedingt so sein musste, denn der Anführer wird von den Männern gewählt, aber nach althergebrachter Sitte lassen sie den Sohn auf den altgewordenen Vater folgen. So war Gondas ihr Anführer geworden, und so würde es auch im Falle von Bentis geschehen. Aber auch er, Jagaubis, hatte Söhne, die gern Anführer wären, er musste nur die Männer überzeugen.

»Männer, denkt nach!«, brüllte Jagaubis in die Runde, der die Männer in den Heiligen Hain gerufen hatte, an die Haupteiche gelehnt, von wo er eine bessere Sicht hatte. »Männer, was habt ihr denn von Gondas? Ist das ein Führer, der so viel auf Neuigkeiten gibt? Seit Jahrhunderten sind wir mit Einbäumen ans Meer gefahren und haben auch von dort genug Gutes zurückgebracht. Ein Fluss, noch einer, und schon waren wir am Meer. Für die Räuber eine viel schwierigere Beute, und die Boote muss man auch nicht füttern. Wir ruderten gemächlich durch das Wasser und hatten auch noch die Zeit für einen Blick ans Ufer. Doch dann kam Gondas auf die Idee, zu Lande zu reisen, mit Pferden, die brauchen viel Futter, das bedeutet viel Ärger, ihr seht doch, selbst Gondas hat einen Hieb auf die Wange abbekommen, die Männer sagen, dass seine Zähne durch die Löcher herausragten. Zu Wasser, das ist eine ganz andere Sache, wir würden mehr mitbringen und hätten alle mehr.«

Die Männer hörten ihm zu und ließen sich von Jagaubis' Gegröle betören, sie sahen und bedachten nichts mehr – wollten sie vielleicht mit Einbäumen auch Aquileia oder Carnuntum erreichen, durch die Berge? Wohin könnte Jagaubis sie denn führen, der noch nirgendwo war? War es nicht wahrscheinlicher, dass er sich schon hinter dem ersten Busch verirrte? Konnte er ihnen etwa den Weg weisen, indem er zu den Sternen emporsah, wenn er bisher nur seiner Frau in die Augen geschaut hatte? Aber was kümmerte das die Männer, sein lautes Schwadronieren hatte ihren Verstand getrübt, vielleicht wäre ja der neue Führer wirklich besser, vielleicht würde er ihnen mehr geben, ihnen mangelte zwar an nichts, aber mehr ist nie falsch, und so bekamen sogar diejenigen, die es nicht wollten, Lust auf mehr.

»Männer, denkt nach«, posaunte Jagaubis nach einem tiefen Seufzer in die Runde, »was nützt uns ein Anführer, der sich wer weiß wo rumtreibt und uns hier allein gegen die Germanen kämpfen lässt? Zum Reisen muss man nicht schlau sein, wohl aber, um zu Hause zu bleiben und Ordnung zu halten.«

›Stimmt‹, dachten die Männer, ›Gondas bringt alles Mögliche mit, so viel Metall, dass die Schmiede es gar nicht verarbeiten können und der viele Schmuck die Frauen vornüber gebeugt gehen lässt, aber was nützt uns das, wenn der Anführer nie da ist? Gondas überlässt in seiner Abwesenheit ja so oder so alles Jagaubis. Er wird uns ein guter Führer sein, sich nicht einmischen, nicht umherreisen, sondern hierbleiben und uns viel Gutes geben.‹

Jagaubis lehnte sich so an den Stamm der Eiche, dass seine Schulter ausrutschte, er wäre fast den Abhang heruntergerollt, doch er sprang schnell auf und wuchs wieder zu alter Größe an, niemand beachtete das kleine Missgeschick, denn alle waren gewohnt, den Anführern ihre Grillen zu verzeihen. Jagaubis räusperte sich, lehnte sich wieder an die Eiche, jetzt stützte er sich besser ab, und fuhr fort mit seiner feierlichen und berauschenden Rede:

»Männer, denkt nach! Wäre es nicht besser, Gondas würde die besten Soldaten nicht mit sich schleppen, sondern ihnen die Verteidigung der Heimat überlassen? Sie kümmern sich weder um ihre Frauen noch um ihre Kinder. Das geht alles auf Gondas' Kappe. Und was war mit der Initiation von Bentis? Er wurde zum Krieger geweiht, das ist gut und recht, aber warum hat er einem solchen Jüngling schon das Trinkhorn des Befehlshabers übergeben, wo er noch nicht einmal weiß, ob er zum Stärksten, Besten und Fähigsten heranwachsen wird?«

Selija stand hinter einem Baum und lauschte gut versteckt an ihrem gewohnten Ort. ›Dieses Scheusal von Jagaubis‹, dachte sie bei sich, ›ich muss Gondas sofort alles melden, er muss sich darum kümmern.‹ Die Mücken summten rund um ihr Gesicht, Selija vertrieb sie mit einer Hand, mit der anderen befingerte sie den milchtropfenförmigen Bernstein mit dem rotbraunen Streifen, der wie geronnenes Blut aussah. ›Das Scheusal von Jagaubis, dieses Scheusal schmiedete schon seit einer guten Weile Pläne, und die Männer sind leicht zu überreden, sie nicken nur wie die Pferde im Mondschein.‹

»Männer, denkt nach«, sagte Jagaubis, nachdem er den Schweiß abgewischt hatte, »ist er ein guter Anführer, wenn er eine andere Frau mitgebracht hat? Und nicht nur eine andere, sondern eine Fremde, mit braunem, zerzaustem Haar, selbst die Augen braun, wo hat er denn nur so eine her, und dann sagt sie kein Wort, als hätte man ihr den Mund gestopft! Seit eh und je nehmen wir uns nur Mädchen von hier zur Frau, aber was macht Gondas? Wenn er schon eine zweite Frau will, wenn ihm Selija nicht mehr passt, dann könnte es doch wenigstens eine von uns sein, oder findet er hier keine passende mehr? Werden wir es ihm jetzt alle gleichtun, unsere Alten verlassen und Neue, Fremde mitbringen und unsere alten, schönen Sitten den Bach runtergehen lassen?«

Selija stand hinter dem Baum und lauschte. ›Jagaubis hat Recht, und wie er das hat! Das Scheusal von Gondas, dachte Selija bei sich, geschieht ihm recht! Ich werde nichts sagen, soll er doch mit Gondas tun, was er will, dann hat er den Salat, dann kann er mit seiner Glesum über die Felder gehen, so oft und so lange er will, wenn er seinen Platz als Anführer verloren hat. Dann können die beiden laut heulen, sich die Haare raufen und die Locken auf die Felder werfen, ich aber werde lachen, fröhlich und laut, sodass sie es hören können, und dann bereuen sie sicher, aber dann ist es zu spät, das Leben geht weiter, passiert ist passiert, nicht rückgängig zu machen.‹ Selija stand zufrieden hinter dem Baum, ihr war warm ums Herz. Und wer hatte gesagt, es gebe keine Gerechtigkeit? Wer hatte gesagt, man könne Gondas nicht besiegen?

Die Bäume rauschten, die Vögel zwitscherten ihre Lieder, die Männer wählten Jagaubis zu ihrem neuen Anführer und hoben ihn schwitzend auf den Armen in die Höhe. Alle waren so glücklich.

›Ich nehme Glesum für mich‹, dachte Jagaubis. ›Ich will sie heute ausprobieren, sie muss wirklich ausgezeichnet sein, wenn er sie von wer weiß wo mitgebracht hat.‹

20. Wasser

›Sollen die Anführer doch führen, aber das Wetter ist schon sommerlich, und es wird Zeit für den Frühjahrsputz.‹ Das Wasser war warm genug, und die Alte mit den Wolfsbissen am Bein hatte eine Waschflüssigkeit für Körper, Kleidung und Bettzeug zusammengebraut. Das tat sie Jahr für Jahr in großen Mengen, sie begann schon im Winter damit, so war genug für alle da, jede Frau des Stammes schöpfte nach Belieben, und doch blieb davon übrig, das brachte Gondas in Tontöpfen, die mit kleinen Dreiecken verziert waren, ans Meer, und verkaufte es zur Freude der dortigen Frauen. Man wusste zwar in nah und fern, wie man so etwas zubereitete, aber man wusste auch, dass die Alte mit den Wolfsbissen am Bein es am besten konnte und ihre Waschflüssigkeit zudem angenehm duftete, ganz im Gegensatz zu den anderen.

An diesem Tag sammelten die Frauen ihre Kinder auf, die nach dem Winter vor Schmutz strotzten, und schleppten sie zum Fluss. Die Männer hatten noch am Vortag die im Frühling mit hohem Gras und Büschen überwucherten Flussufer mit Sensen gemäht – was man nicht brauchen kann, sprießt munter. Alle Frauen kamen zum Fluss, den Greisinnen, die kaum noch laufen konnten, halfen die anderen herzukommen und erhitzten für sie das Wasser ein wenig auf dem Feuer. Sie schleppten Bettzeug, Leinen, Kleider und alle möglichen Lumpen, sogar die Pelze, zum Fluss und spannten die längsten Seile von Baum zu Baum auf, um daran die Wäsche zum Trocknen aufzuhängen.

An diesen Tagen wagten sich die Männer nicht einmal in die Nähe des Flusses. Wozu auch? Sie konnten ja nicht angeln gehen, die Frauen kreischten, die Kinder quietschten so laut, dass sie nicht nur die Fische, sondern auch die Bären aus dem Wald verscheuchten, da bekäme man nur Kopfschmerzen. Und falls einer näher kam, waren sofort ein paar Frauen mit Stöcken zur Stelle und kämpfen beherzter als gegen die Germanen.

Alle kamen zum Fluss, arm und reich, das Wasser machte alle gleich, alle waren in gleicher Weise nackt. Nur Jagaubis' Frau wollte nichts davon wissen, richtete den Blick zum Himmel, als hätte sich die Welt auf den Kopf gestellt, als würde von nun an alles Gute ihr allein gehören. Du Närrin, das Wasser ist für alle da, es heilt die Kranken, richtet die Buckligen wieder auf und macht die Kleinen mutig und fröhlich. Alles wird aus dem Wasser geboren und bleibt nur dank ihm am Leben, und wenn da drin kein Wasser mehr ist, wenn der ganze Körper austrocknet, dann wird es Zeit zu sterben. Deshalb gingen die ältesten Frauen früher ins Wasser, für ein wenig mehr Feuchtigkeit, um aufzuquellen, aber passt ja auf, dass keine von ihnen ein längeres Nickerchen macht, sonst rupfen ihr die Fische noch die letzten Haare aus, weil sie sie für Würmer halten.

Die Flammen züngelten schon, die Frauen gaben ihre schmutzigen Tücher ins heiße Wasser, Waschmittel dazu, rührten die Wäsche im Kessel mit Stöcken um, legten immer wieder Brennholz nach, damit sie auch gut durchgekocht wurde – so viel Schmutz hatte sich im Winter festgesetzt, sie selbst wuschen sich mit Faserschwämmen, mit einem sauberen Körper atmet sich's freier, die Kinder gehen dir nicht so auf die Nerven, das Berühren der Haut macht Spaß, die Kleider kratzen nicht mehr so, und du möchtest singen.

Es folgte das größte Vergnügen: die Haare. Andere Waschmittel, andere Spülungen. Eine goss der anderen davon aufs Haar, sie halfen einander, keine schaute, ob Freundin oder Feindin, an diesem Tag herrschte Friede und Eintracht. Sie schüttelten nur energisch den Kopf, verspritzten das Wasser nach allen Seiten und ließen das Haar im Wind trocknen, bis es in der Sonne glänzte.

Die Kinder strahlten vor Sauberkeit, hatten nach Herzenslust gebadet, die Kleineren schliefen müde im Schatten. Höchste Zeit für ein wenig Tratsch: Wer war völlig abgemagert, wer alt geworden, wer hatte jetzt filzige Haare, von welchen Geschenken träumte die eine oder andere oder von welchem Ehemann, wessen Sohn würde schon bald in den Krieg ziehen und wessen Tochter ein Kind bekommen, wer passte zu wem und wer nicht, wo könnte man ein neues Haus bauen, alles hatte sich so sehr ausgedehnt, man sah von einem Ende des Dorfes das andere gar nicht mehr, wie soll das denn weitergehen, vielleicht müsste der Markt vergrößert werden, weder für Händler noch Käufer reichte der Platz mehr und auch nicht für das Auslegen der Waren, wie sollte da eine von ihnen eine Wahl treffen, und wer war jetzt der Anführer, an wen mussten sie sich wenden.

Das kleinste Kind schlief friedlich in ein Tuch gewickelt, der leiseste Windhauch wiegte das an einem Ast hängende Bündel hin und her, das Kindlein fühlte sich, als läge es auf dem Boden eines kleinen Bootes mitten auf einem riesigen See. Ein Regenbogen spannte sich weit oben über den Himmel, atemberaubend schön, in satten Farben, das Kind wachte auf, nichts zu machen, der Regenbogen kam immer näher, schmiegte sich an, wiegte das Kind, immer heftiger, die Farben so ungeahnt grell. Das Kind heulte los wie noch nie, wie sollte es denn wissen, dass das nur Schönheit war, noch so klein; das Geschnatter der Frauen brach ab, ihre angstvollen Blicke wandten sich der Kleinen zu, »Was gibt es denn da zu schreien?«, dann sahen sie nach, ob es ihren eigenen Kindern gut ging.

Auch Glesum wusch, als sie zum Fluss kam, Wäsche und Körper, ihr war offenbar klar gewesen, dass man sie auch gegen ihren Willen herschleppen würde – als Frau musste sie gehen und fertig, so war es Sitte, da erschien sie lieber freiwillig. Alle beobachteten sie, woher nur die ganze Wäsche, wie konnte sie ganz allein so viel schmutzig machen, aber fragen war ja umsonst, niemand hatte sie je sprechen gehört. Aber sie starben fast vor Neugier. Die anderen badeten selbst ihre Allerkleinsten im Fluss, doch Glesum hatte ihr Mädchen zu Hause gelassen. Zu gefährlich, das Wasser schaut nicht, wen es verschluckt, es könnte ja jemand beide untertauchen, dann würden nur Blasen zur Oberfläche steigen und Schluss, aus.

In diesem Durcheinander konnte gar niemand alles im Blick behalten und bemerken, dass jemand ertrunken war. Und bis Gondas sie eingeholt hätte, wären sie schon im Meer gelandet.

Glesum wusch ihre Kleider, dann sich selbst, hielt sich aber möglichst fern von Selija; sie sah, wie hässlich und verbraucht Selijas Körper war und wie jung und elastisch ihr eigener. Sie tauchte tiefer, sodass niemand sie sehen konnte, besonders nicht Selija, sie hatte schon Grund genug zur Traurigkeit. Wie wird es jetzt wohl für Selija weitergehen, wo Gondas nicht mehr ihr Anführer war? Glesum stieg rückwärts aus dem Wasser, kaum draußen, wickelte sie sich in Leinentücher. Sie wollte niemanden verletzen, vor allem nicht Selija.

Die Frauen aber tanzten, sangen, versteckten sich hinter der zum Trocknen aufgehängten Wäsche und lachten alle, wenn eine gefunden wurde. Die Alte mit den Wolfsbissen am Bein musterte die Körper, rieb Wunden und Druckgeschwüre mit Salben ein, gab ihnen Tee. Sie erkannte, wer bald sterben würde und wer noch eine Weile zu leben hatte, aber sie half ihnen allen, streichelte Kopf, Augen und Bauch, und da, wo die ganze Weiblichkeit ist.

Nach getaner Arbeit setzten sich alle in einer Reihe ans Ufer, dem Wasser zugewandt, Frauen, Greisinnen, kleine Mädchen und Knaben, die noch nicht in den Krieg zogen und noch keine echten Männer waren. Sie beklagten die Frauen, die noch im letzten Jahr bei ihnen gewesen, jetzt aber nicht mehr da waren, wurden wieder fröhlicher, sie mussten ja weiterleben.

21. Blut

Gondas und seine Männer kehrten heim und schauten alle erstaunt drein, seht nur, ein neuer Anführer hatte Gondas' Platz eingenommen. Die Krieger zuckten nur mit den Schultern und fragten sich, ob ein Zauber schuld sei, oder ob die Zurückgebliebenen vielleicht alle etwas gegessen hätten, das ihnen völlig den Verstand geraubt hatte? Gondas sah sich um und befahl allen, von den Wagen zu steigen, zu ihren Frauen und Kindern zu gehen, nur ein paar sollten Wache stehen. So gingen die Männer auseinander, ohne zu wissen, ob es wahr war oder womöglich ihre Augen getrübt, vielleicht war ja all das nur Unsinn und Spuk?

Auch Gondas ging nach Hause, wo er nur dasaß und ausdrucks- und wortlos vor sich hinstarrte. Hätte er die Anwesenheit von Selija bemerkt, hätte er vielleicht auch gesehen, dass sie glücklich war. Aber für so Unwichtiges hatte er keine Zeit. Er saß bis zum Morgen so da, tat kein Auge zu und sprang dann plötzlich auf und ging.

›Wo er wohl jetzt hingeht‹, fragte sich Selija fröhlich in Gedanken und lachte leise. ›Ob er wohl mit ihr fortgeht oder allein?‹

Gondas aber marschierte schnurstracks zur Hütte der Alten mit den Wolfsbissen am Bein. Es war noch früh, alle schliefen noch, kaum einer würde ihn sehen.

Er öffnete die Tür, die Alte schnarchte, er sagte: »Steh auf!«, sah sich gebückt um und dachte bei sich: ›Wie können meine Leute nur in solchen Hütten leben, eine furchtbare Schande, ich werde sie abreißen und eine neue für sie bauen lassen.‹

Die Alte wälzte sich mit Mühe aus dem Bett, rieb sich die Augen, wer war denn zu so früher Stunde gekommen und wozu? Sie fragte: »Was willst du?«

Gondas schwieg.

»Das werde ich nicht tun«, sagte die Alte. »Sie ist deine Frau, die Mutter deines Kindes, du hast sie erwählt und jetzt behalte sie.«

»Es geht nicht um Selija«, erwiderte Gondas stirnrunzelnd, »was ist denn diese Selija für mich …«

»Um wen dann?«, fragte die Alte.

»Um Jagaubis«, antwortete Gondas.

»Gondas!«, erwiderte die Alte.

»Ein solches Scheusal besiegt allein der Tod«, entgegnete Gondas. »Er ist Gift, und dein Gift ist das Gegengift. Ich kann ihn nicht erdolchen, er ist zu schwach, er kann sich nicht verteidigen, das ist, als ob man gegen ein Kind kämpfte, warum soll ich ihm Schande bereiten?«

»Du willst zu viel, Gondas«, erwiderte die Alte.

»Ist denn mächtig, wer nicht gewinnen will?«, fragte Gondas.

Das verstand die Alte. ›Nein, so einer kann kein Anführer sein, ich muss nachgeben. Er ist so arm dran wie wir und hat nicht die Wahl.‹

»Und auch für seine Frau und Kinder«, sagte Gondas.

»Für die Kinder auch?«, fragte die Alte erstaunt.

»Kinder wachsen heran«, erwiderte Gondas, und die Alte wusste, dass er Recht hatte, während das Bein mit den Wolfsbissen schmerzte und zuckte.

So braute sie denn einen Trunk mit dem stärksten Gift zusammen, das sie kannte – mit dem Gefleckten Schierling. Seine Blätter sind dreifach gefiedert, die Blüten klein, weiß und in Dolden angeordnet.

Sie gab sowohl Blätter als auch Blüten hinein und auch das Ende des hohlen – man kann hindurchschauen – und rotgefleckten Stängels.

»Geh ein wenig weiter weg«, sagte sie zu Gondas, »sonst atmest du die Dämpfe ein.«

Dampf und Rauch zogen durch ein großes Loch im Dach ab, von wo sie der Wind in weite Ferne wehte.

Gondas saß da, bis es wieder dunkel wurde, und unterhielt sich mit der Alten über dies und das, über die Windungen des Lebens. Zu Glesum und dem kleinen Mädchen stellte die Alte keine Fragen, nicht auszumachen, ob sie es schon wusste oder nur dergleichen tat. Die Alte streichelte Gondas' Kopf, du Ärmster, du Ärmster, so glücklich, beide baten um den Beistand der Göttermutter.

»Wie bist du zu uns gekommen, Alte, und wie lange lebst du schon hier?«, fragte sie Gondas. »Als ich zur Welt kam, warst du schon alt, und jetzt lebst du noch immer und hilfst uns allen. Wirst du jemals sterben, Mütterchen«, fragte Gondas, »und wie geht es dann weiter?«

»Kein Platz bleibt leer«, beruhigte ihn die Alte, »hab keine Angst.«

»Hilf dem Mädchen, hilf Glesum«, bat Gondas sie weinend. »Lass sie nicht im Stich, auch wenn ich in der Ferne sterben sollte.«

»Auch da brauchst du keine Angst zu haben«, erwiderte die Alte.

Und Gondas kam allmählich zur Ruhe, wischte sich die Tränen ab. »Mütterchen, ich werde jedes Haus für dich bauen lassen, was immer du für eines willst, selbst das allerneueste«.

»Was soll ich mit deinem Haus?«, fragte die Alte, die ihr ganzes Leben in dieser Bruchbude zugebracht hatte, hier zur Welt gekommen war und hier sterben würde, wenn die Zeit kam, falls die böse Geistin sich nicht einmischte.

»Du hättest mehr Platz, um deine Kräuter zum Trocknen auszulegen und aufzuhängen, hier sieht es ja aus wie in einem Gestrüpp«, meinte Gondas, »und auch du selbst hättest mehr Luft zum Atmen«.

»Das wäre vielleicht gar nicht so übel«, stimmte ihm die Alte zu.

Sie hatte keine Angst vor Gondas, sein Herz war groß, wenn er einem etwas anbot, dann aus Güte, man schuldete ihm keinen Dank. Vor ihrem geistigen Auge sah sie schon eine große Feuerstelle, auf einem Sockel, damit sie ihre Töpfe bequem aufs Feuer stellen kann, denn das Bücken fiel ihr schon schwer, sie sah die Kräuter an der Decke hängen, wo sie am besten trockneten, und viel Licht, es würde ihr ja jemand nachfolgen, wem sollte sie denn die Hütte überlassen, wenn Gondas ihr etwas Neues anbot.

»In Ordnung«, sagte die Alte.

»Gut«, sagte Gondas, »sag mir, wo, und wir richten sie so aus, wie du es gern hättest.«

Die Alte rührte den Trunk um, ein abscheulicher Gestank, aber ihr Herz war zur Ruhe gekommen, der Fuß auch, das Wolfsgeheul im Kopf war verstummt.

»Zuerst wird ihnen schwindlig, dann können sie die Beine nicht mehr bewegen, und ehe sie sich's versehen, kommt auch schon der Atem zum Stillstand«, sagte die Alte.

»Gut, so genau will ich das gar nicht wissen«, erwiderte Gondas.

Als sie einander in der Hütte nicht mehr sahen und es nichts mehr zu bereden gab, kam Gondas der Bernstein wieder in den Sinn. Er zog ein Säckchen hervor und überreichte es der Alten, sie brauchte keine guten Stücke, sie nahm die kleinsten, die er nicht verkaufen konnte, die rieb sie und gab sie zum Weihrauch für die Zeremonie. Die Alte bat ihn vor jeder Reise, für sie heimzubringen, was er nicht verkaufen konnte, und das tat Gondas auch, nicht einmal hatte er es vergessen; er hatte auch schon versucht, Münzen und Silber dazuzulegen, doch die Alte hatte nur stirnrunzelnd gesagt, daraus könne sie nichts brauen, und sie ihm zurückgegeben. Den Bernstein aber niemals. Denn den muss man sich nur um den Hals hängen, und schon wirkt seine Heilkraft.

Es war so dunkel, dass Gondas nicht einmal sah, ob die Alte den Bernstein auch an sich genommen hatte oder ob er noch samt dem Säcklein irgendwo in der Luft hing. ›Was soll's, sie wird ihn schon finden, wenn der Tag anbricht‹, dachte Gondas bei sich und ging durch die Tür.

»Nimm das«, sagte die Alte.

»Du wirst es hinbringen, du wirst es tun«, entgegnete Gondas, »und versuche ja nicht, den Gehorsam zu verweigern.«

Die Alte seufzte und deckte den Topf mit einem schweren Deckel zu.

IV.
DELTA URSAE MINORIS
oder
YILDUN
IM KLEINEN BÄREN

Yildun (von türkisch *yıldız*, »Stern«) ist ein weißer Fixstern und belegt, was seine Helligkeit betrifft, im Sternbild des Kleinen Bären nur den sechsten Platz (knapp hinter Epsilon und Zeta); dennoch steht am Anfang seines lateinischen Namens der vierte Buchstabe des griechischen Alphabets: Delta. In nur 3,5 Grad Entfernung vom Himmelsnordpol ist Yildun nach dem Polarstern der nördlichste Stern mit einem Eigennamen und einer Bezeichnung in Form eines griechischen Buchstabens. Er leuchtet 47-mal heller als die Sonne, dreht sich mit einer Geschwindigkeit von 174 Kilometern pro Sekunde um die eigene Achse (87-mal schneller als die Sonne) und braucht 19 Stunden für eine Umdrehung. Seine Entfernung von der Erde beträgt etwa 172 Lichtjahre.

22. Milch

Nichts mochte Bentis mehr, als mit Vaters Münzen zu spielen. Jener schenkte sie ihm bereitwillig: ›Soll er sich nur daran gewöhnen, sie in Händen halten, damit er als Erwachsener danach strebt und nicht vor lauter Staunen den Mund nicht mehr zubekommt, wenn er eine sieht.‹ Bentis drehte und wendete die Münzen, begutachtete sie von beiden Seiten.

»Wer ist der da mit den vielen Locken?«, fragte Bentis.

»Marcus Aurelius«, sagte Gondas.

»Und der hier, der aufrecht auf dem Stuhl sitzt?«

»Marcus Aurelius.«

»Und der mit dem Bändern im Haar?«

»Marcus Aurelius«, erwiderte Gondas. »Und jetzt wiederhole.«

Nach drei Versuchen sprach er den Namen richtig aus, und sein Vater gab sich zufrieden.

»Und wer ist das, mit dem Topf auf dem Kopf?«, fragte Bentis.

»Faustina die Ältere.«

»Und der Glatzkopf mit nur einem Haarbüschel auf dem Scheitel?«

»Commodus.«

»Und der da?«, fragte Bentis mit dem Finger auf einen Kopf zeigend.

»Antoninus Pius.«

»Und dieser hier?«

»Septimius Severus«, erwiderte Gondas. »Jetzt sag es mir nach.«

Wie sollte der arme Bentis das denn, er konnte die Namen ja weder aussprechen, noch erinnerte er sich an sie.

»Warum schauen alle in dieselbe Richtung?«, fragte er stattdessen.

»Sie sehen nach vorne, welcher Kaiser wollte denn zurückblicken?«

›Stimmt‹, pflichtete ihm Bentis in Gedanken bei. Was sollte er denn finden, wenn er zurückblickte? Aus, vorbei, nichts mehr zu erkennen. Bentis ging vorwärts und schaute zurück, also stieß er überall an, stolperte über alles Mögliche, fiel hin und lachte. Gondas fand keinen großen Gefallen an solchen Spielen, aber vielleicht würde er ja doch noch erwachsen, Glesums kleines Mädchen kam ihm schon jetzt schlauer vor als Bentis. Gondas hatte die Nase voll, immer dasselbe zu wiederholen, schon so ein Mann und purzelte grundlos im Zimmer herum, also ließ er Bentis allein spielen.

»Glesum hat ein Kind«, sagte Bentis.

Selija wollte ihm eine Ohrfeige mit der Rückhand verpassen: »Was für ein Unsinn, was für ein Kind denn?«

»Glesum hat ein Kind«, sagte Bentis erneut.

›Also fängt es wieder an mit den Wahnvorstellungen‹, dachte Selija bei sich, ›er hat sicher wieder etwas Seltsames getrunken, vielleicht hat ihn ja auch die Zeremonie überanstrengt, das ist kein Kinderspiel, in seinem Alter zum Fürsten geweiht zu werden.‹

»Ich bin an ihrem Haus vorbeigegangen und habe jemanden weinen gehört, und Glesum hat ›Kleines, Kleines‹ gesagt. Und sie hat gesungen.«

›Aber sicher‹, dachte Selija. ›Kann nicht sprechen, aber singen. Und wieso weiß niemand außer Bentis davon? Das Kind muss krank sein, oder vielleicht sollte ich ihm doch lieber den Hintern versohlen, dann vergisst er es sicher.‹

Da er nichts Gutes ahnte, lief Bentis davon. ›Ein Kind zu haben ist gut‹, dachte Bentis bei sich, ›wenn ein Kindlein zur Welt kommt, reden alle darüber, wollen es sehen und drücken.‹ Jetzt hatte Glesum ein Kind. Warum also sollten die Leute sich nicht darüber freuen? Bentis lachte, klatschte in die Hände, sprang und rief: »Glesum hat ein Kind, Glesum hat ein Kind!« Niemand schenkte ihm größere Beachtung – war es denn das erste Mal, dass Bentis Wahnvorstellungen hatte? Sie schauten nur prüfend, ob man ihn nicht vielleicht fesseln sollte.

Selija überkam eine solche Traurigkeit, dass sie nicht mehr wusste, wohin mit sich. Sie würde ja hingehen und nachsehen, aber was sollten die Leute denn denken, wenn sie sahen, dass sie sich im Dorfteil der Armen herumtrieb? Kirnis lächelte, sammelte die verstreuten Münzen auf und steckte sie in Gondas' Säckel. Warum durfte das Kind nur tun und lassen, was es wollte? Die Münzen klimperten, die Glöckchen an den Schuhen auch. Zum Lachen.

Selija huschte im Halbdunkel über alle möglichen Utensilien und Wäscheleinen stolpernd zu Glesums Haus. Kirnis versuchte ihr zu folgen, sie wurde ihn kaum los. So gutherzig, so aufdringlich. Und dann noch dieser Schuh, klimper-di-klimper. Den sollte man verbrennen, aber versuche mal einer, ihn dem Alten wegzunehmen, nicht einmal zum Schlafen nahm er ihn ab, als hätte er seine Seele dort versteckt.

Selija lehnte sich an die Rückwand des Hauses und wartete ungeduldig.

Ja, da weinte ein Kind, das ihres Mannes und dieser angeschleppten Frau. Ja, Glesum sang. Mögen alle verflucht sein.

23. Met

An jenem Morgen fanden die Diener Jagaubis in seinem Bett, mausetot, graublau wie der Herbsthimmel, und wozu? Hatte er denn unbedingt so wütend auf den Tod sein müssen? Auch Jagaubis' Frau – tot, und auch alle seine Kinder. Genauso, wie sie schliefen, waren sie in die Ewigkeit abberufen worden – wie die Würmer zusammengerollt.

›Eine merkwürdige Krankheit‹, dachten die Leute bei sich,

›noch gestern mehr oder weniger gesund, und siehe da, jetzt ist keiner von ihnen mehr unter uns. Aber so ist das Leben.‹ Die Leute begannen zu tratschen, so eine Krankheit sei ihnen noch nicht untergekommen, aber nur leise, denn redeten sie zu viel, würde womöglich eine noch merkwürdigere Krankheit alle das Leben kosten oder ihnen zumindest die Zungen herausreißen.

»In seinem Alter im Schlaf zu sterben wie eine Frau … Aber so ist das nun mal, das Schicksal lässt sich nicht überlisten«, sagte Gondas zu den Leuten des Stammes.

Alle nickten beipflichtend, sie fühlten sich ganz offensichtlich alle besser, weil Gondas wieder ihr Anführer war und sich die Lage auf so erfreuliche Weise geklärt hatte, aber wozu diese Eile, das war schon seltsam.

»Er mag gestorben sein, wie er will, aber beerdigen wollen wir ihn nach den feierlichsten Bräuchen«, sagten die Leute, niemand widersprach, und wer der Meinung war, das gehe zu schnell, so ganz ohne Aufbahrung, schwieg trotzdem.

Die besten Männer ritten auf Gondas' Befehl zu den anderen Ästier-Stämmen, um deren Anführer einzuladen, es war schließlich kein gewöhnlicher Mann gestorben, sondern ein Anführer, was immer für einer er auch gewesen sein mochte. ›Was soll's, dass er nicht auf dem Schlachtfeld gefallen war, nicht als Söldner in einem römischen Regiment im Kampf gegen die Germanen irgendwo an der Donau und auch nicht bei der Verteidigung der unsrigen auf dem Weg nach Aquileia oder hier zu Hause. Im Schlaf, stimmt, eine Schande. Ja, aber Gondas wollte zeigen, dass wir auch die feigen Hochstapler in geziemender Weise zur Göttermutter geleiten.‹

Die Alte mit den Wolfsbissen am Bein spazierte ruhig inmitten der Leute herum, also verstummte das Geschwätz, wenn alles mit rechten Dingen zuging, dann war das gut so. Außerdem hatten sie alle Hände voll zu tun und deshalb keine Zeit zum Schwatzen – so viele Tote, so viele Gräber wollten bereitgemacht werden. Sie wuschen die Leichen und wickelten sie eng in frisches Leinen. Sie hoben für jeden ein Grab aus, für die Männer hüfttief, mit einer Mulde für die Leichen in der Mitte, legten den Boden mit Rinde aus, bereiteten Frau und Töchtern ein Kissen aus Farn, verstärkten die Ränder mit Holz, und legten die Toten von den traurigsten Liedern begleitet – »Nimm, oh Polarstern, nimm, lieber Stern …« – in die Gruben, die Männer mit dem Kopf nach Norden, die Frauen nach Süden, um Jagaubis samt Frau und Kindern schließlich mit gelbem Sand zuzudecken.

Glesum stand dabei und wunderte sich über die hiesigen Sitten, in ihrem Stamm wurden nur die Priester mit dem Kopf in Richtung Polarstern begraben, nur für sie hatten die Sterne eine so große Bedeutung; beim gemeinen Volk und sogar bei den Anführern reichte es, den Kopf der Sonne zuzuwenden – die Frauen dahin, wo sie auf-, die Männer dahin, wo sie unterging. ›Unser Volk reist nicht so viel, wir brauchen nicht in die Sterne zu schauen, wir leben von der Viehhaltung und dem, was im Boden wächst, die Sonne ist für uns das Wichtigste, die All-Mutter, der Polarstern aber viel weniger wichtig als für diese Herumstreuner, die offenbar glauben, dass man auch nach dem Tod ohne Leitstern den Weg nicht findet.

Hier, sieh nur, die oberste Priesterin, eine Alte mit Wolfsbissen am Bein, wenn jemand stirbt, geht sie zu den Gräbern, dort stehen Holzpflöcke zu diesem Zweck, sie betrachtet sie genau, geht rundherum, schaut erneut – das Licht, die Schatten – dann sagt sie genau, wo Norden ist, obwohl man am helllichten Tag keine Sterne sieht. Wer sich auskennt, dem reichen auch Pflöcke. Die Alte hat noch nie falsch gelegen, egal wie hell der Tag ist – sie legt die Richtung zweifellos fest, alle vertrauen ihr, sowohl die Lebenden als auch die Toten.‹ Sie hieß alle dem Polarstern zuzuwenden, die Männer mit dem Kopf, die Frauen mit den Füßen, jeden als Priester zu begraben, so war es hier Sitte, das hatte sich die Alte nicht ausgedacht, aber das war womöglich respektlos gegenüber der Göttermutter, die für so viel Arroganz auf alle böse sein könnte, vielleicht würden sogar sie und ihr Mädchen unschuldig leiden, nur weil sie mit ihnen zusammenlebte, Glesum stand erschrocken da und wartete, ob der Fluch nun über sie kam oder noch nicht.

Die anderen warteten nicht auf Flüche, sondern gingen ihrer Arbeit nach. Kirnis, der sich wie immer etwas Neues ausgedacht hatte, schob laut stöhnend ein Boot heran, er musste es Jagaubis unbedingt mit ins Grab geben – was sollte er denn mit Sporen, Trense und Halfter, den Grabbeigaben der anderen Männer, er war kein Krieger, hatte Angst vor dem Pferd, also konnte er doch auch im Jenseits im Boot herumfahren, wenn ihm das hier so gut gefallen hatte. Gondas war das einerlei: »Wenn Kirnis es so will, dann meinetwegen, mit einem alten Mann streitet man nicht.« Hätte Gondas ihm widersprochen, hätte Kirnis ihn so mit seinem Schuh in den Hintern getreten, dass nicht nur die Glöckchen geklingelt hätten.

24. Wasser

Selija weinte ohne Tränen, wie versteinert, die Lage hatte sich vollkommen gewendet; in ihrem Bauch rumorte Angst, gemischt mit Verzweiflung. Bentis bettelte um etwas, quengelte immer weiter, aber Selija hörte ihn nicht, stand aschgrau da, als wäre sie tot.

Selija half mit, Jagaubis' Frau für die Bestattung bereitzumachen, obwohl sie alle wegschicken wollten, so etwas gehöre sich nicht für die Frau des Anführers, sie steckte das Haar unter eine Stoffmütze mit einem fein gearbeiteten Schläfenring aus Messing, damit es ihr nicht im Weg war. Eine ganze Reihe winziger Ringelnattern, eine zusammengerollt, dann ein gewölbter Rücken, wie eine Schlaufe, am anderen Ende eine weitere Schlaufe, der Schwanz der Ringelnatter. Eine Ästierin wusste, dass sie mit solchem Kopfschmuck begraben würde, wer arm war, mit zwei Schläfenringen an den Ohren, wer reich war, mit einer ganzen Kette von Ringen um den ganzen Kopf. Jede Ästierin wusste, sie musste sich keine Sorgen machen, die heiligen Nattern, diese kleinen Sonnen, würden sie auf immer beschützen, weder selbst an ihr knabbern, noch anderen das gestatten. ›Dann wäre alles so friedlich‹, dachte Selija.

Und Selija wählte den schönsten Schmuck aus, den sie im Haus des Jagaubis fand, und legte ihn seiner Frau an: eine Kette aus bunten Emaille-, Glas-, Bernstein- und Messingkügelchen, eine um den Hals, eine um den Arm, dazu drei Messingbroschen, zwei massive große Silberarmreife, eine Eisenahle, ein Messer und ein paar Spinnwirtel aus Sandstein.

Neben Jagaubis legten sie Waffen – obwohl ein großer Weichling, war er trotz allem ein Mann: einen Schild, eine Axt, mehrere Speere, größere und kleinere, und für alle Fälle ein Messer, damit er sich zumindest in jenen Welten verteidigen konnte. Obwohl man durch das Tuch nichts sehen konnte, wusste jeder, dass auch er Schmuck trug: einen Messingkragen, ein paar Broschen, ein paar Spiralringe – Gondas würde ihn niemals nackt ins Jenseits gehen lassen.

Gondas brachte auch ein Geldsäckchen mit – woher sollte denn Jagaubis, der noch nie woanders gewesen war, so etwas besitzen, aber ohne Münzen konnte man ihn nicht begraben. Er sagte der Alten mit den Wolfsbissen am Bein, sie solle jedem davon ins Grab legen und dazu eine Münze in den Mund, als Fährgeld für den Weg ins Jenseits: »Die Römer machen das so, wir folgen für alle Fälle ihrem Brauch«, für die Kinder eine, für die Frau eine und für Jagaubis viele, damit er wenigstens nach dem Tod reich wirkte. Die Alte bückte sich und legte die Münzen auf dem Sand aus, ächzte, für die Kinder je eine von den größten, die Ärmsten trugen doch keine Schuld. Bis sie alles Geld verteilt hatte, wurde sie beinahe steif und starr, sie ging noch lange gebückt und sah den Himmel nicht, da halfen nicht einmal ihre Wundersalben.

›Ich hätte das Mädchen doch begraben sollen‹, dachte Selija bei sich, oder auch nur im Wald vergraben, ein paar kleine Schlangen und ein Geldstück. Vielleicht schwebte es jetzt irgendwo zwischen dieser und jener Welt, weder vor noch zurück, die Göttermutter würde es so nicht erkennen. Aber was sollte sie denn jetzt noch tun, die Wölfe hatten es sicher längst aufgefressen, sie würde dort nichts mehr finden und wusste auch nicht mehr, wo sie es zurückgelassen hatte.

Selija war speiübel, ihr schien, sie müsse gleich erbrechen. Eine Weile blieb sie stehen, dann fiel sie plötzlich um. Plumps, und sie lag der Länge nach neben den Gräbern. Die Leute erschraken und dachten: ›Schon wieder diese schreckliche Krankheit, was wird jetzt passieren?‹ Die alte Frau mit den Wolfsbissen am Bein bückte sich und sah nach, fuhr mit der Hand über Selijas Nase, hob ihre Augenlider an, drückte ihren Bauch und ging ihres Weges.

Selija war ohnmächtig geworden und kam wieder zu sich. Sie lag einfach so mit geschlossenen Augen da und machte keine Anstalten zu bekunden, dass sie alles hören und spüren konnte. ›Ich stehe nicht auf‹, dachte sie bei sich, ›warum sollte ich das. Wartet denn irgendetwas Gutes auf mich, wenn ich lebe? Da liege ich lieber tot da, und ihr könnt weinen, bereuen und darüber nachsinnen, was ihr getan habt, auch du, Gondas, denk nach, und auch du, Glesum und die anderen, ihr seid nicht besser. Vielleicht bemerkt ihr mich ja wenigstens tot, steigt nicht einfach über mich wie über Kirnis' Boot. Zum Draufspucken sind die Lebenden gut genug. Es könnte mich ja jemand ersticken‹, dachte Selija, ›genau hier, wenn ich das konnte, dann schafft ihr das auch, wenn ihr wüsstet, wie einfach das ist, legt einfach ein paar Farnblätter auf mich, drückt sie gut auf mein Gesicht, ich werde nicht lange zappeln. Ich wirke nur lebendig.‹

Etwas stach ihr in die Seite, sie konnte nicht länger still daliegen. Selija steckte ganz langsam eine Hand unter ihren Körper, um zu überprüfen, was sie da drückte, ganz langsam, und niemand bemerkte es. ›Ich könnte zum anderen Ende des Friedhofs kriechen, und alle würden glauben, ich läge noch hier.‹ Der Schmerz wurde langsam unerträglich, und so hob Selija den ganzen Körper leicht an. Ein Stein, was sonst. Stein auf Stein, keine Lücke, nicht einmal Wasser würde durchsickern. Selija nahm den Stein in die Hand, warm, ziemlich groß: ›Würde ich ihn jetzt jemandem zuwerfen, bekäme der vor Staunen den Mund nicht mehr zu – tot und wirft mit Klumpen um sich. Was gibt es da zu staunen? Als ob wir genau wüssten, was die Toten zu tun vermögen und was nicht. Was heißt es schon, dass sie still daliegen? Ich ging, lief emsig wie eine Ameise herum, flog wie die von den Göttern gejagten Wolken; ging, als wüsste ich, wohin, redete, meine Hände steckten nicht unter meinen Seiten, und was habe ich nun davon? Ich glaube nicht mehr an Bewegung, ich spüre die Grenze zwischen Leben und Tod nicht mehr, ich weiß nicht mehr, wo ich bin. Ich denke, aber das beweist rein gar nichts.‹

Selija lag da, vielleicht döste sie sogar ein Weilchen. Alle standen wie angewurzelt da, als schritte die Zeit nicht mehr fort, wollten mit der Bestattung fortfahren, wussten aber nicht mehr – wessen. Die Alte mit den Wolfsbissen am Bein stimmte ein Lied an, was sollte sie anderes tun. Die Frau war alt, aber ihre Stimme so jung, als wäre sie in der Zeit steckengeblieben und käme erst jetzt hervor. Kaum jemand sang mit, die Melodie war so komplex und verschlungen, dass nicht einmal die besten Sänger den Mund aufmachten. Und das Lied handelte von wer weiß was, niemand hatte jemals zuvor ein solches gehört, vielleicht sang ja die Göttermutter selbst durch die Kehle der Alten. Es ging weder um Blumen noch um Tiere, sondern um nicht zu überschreitende Berge, wie es hier keine gab, um unüberwindbare Gewässer, wo sollte sie solche gesehen haben, um unbesiegbare Tiere, als hätte sie nicht selbst Wölfe besiegt, um Winde, die die Seele zerzausen, um Pflanzen, die das Herz überwuchern. So ein Lied war das, wie soll man so eines zu Ende singen, es schien nicht enden zu wollen.

›Mein Lied, mein Lied‹, spürte Selija mit der vom Liegen schmerzenden Seite, und begann noch lauter als die Alte zu singen, was alle ein wenig überraschte, die Empfindlicheren hielten sich sogar die Ohren zu. Sie stand nicht auf, sang im Liegen, die Worte sprudelten von selbst, sie schmetterte es hervor, so laut sie konnte, bis ein Fluss unter ihr zu fließen begann.

Das Wasser floss immer weiter, unendlich, wiegte Selija wie ein in Urzeiten gefertigtes Boot, das wurmstichig und verrottet war; Selija wurde bis auf die Knochen nass, sog sich mit Wasser voll, sank aber nicht auf den Grund, so sehr sie sich auch anstrengte, sie schwamm unter der Oberfläche, von allen Seiten drückte das Wasser und raubte ihr den Atem, sie ruderte mit aller Kraft mit Armen und Beinen, kam aber nicht vom Fleck. Grauen und Kälte, Traurigkeit und trockene Tränen. Sie hörte nicht auf zu singen. Aus dem Wasser konnte man nichts hören, Blasen blubberten ungefragt aus ihrem Mund hervor, stiegen an die Oberfläche und zerplatzten dort lautlos, blubber, blubber, blubber, das war ihr Lied, das war ihr Leben, so schön gelebt.

25. Tränen

Selija kam immer wieder zu sich, tauchte unter, kam erneut zu sich. Den Leuten wurde langsam langweilig, der Abend nahte, die Alte mit den Wolfsbissen am Bein moserte, die

Gräber seien noch nicht in Ordnung gebracht. Da wussten alle wieder, warum sie hier waren, sie wandten sich von Selija ab, die offenbar noch nicht so bald sterben würde – aber da gab es Tote, die verdienten einen gebührenden Abschied.

»Wer schön gelebt hat, den begraben wir schön«, posaunte Gondas so laut er konnte heraus, die Leute sahen sich um, suchten nach Schönheit, so wollte es ihre Natur.

Die Toten lagen da, Jagaubis, seine liebe Frau und all ihre Kinder, in tiefen Gräbern, eingewickelt in frisches Leinen, wie es nicht einmal die Lebenden hatten, mit den erlesensten Grabbeigaben, mit gelbem Sand überschüttet und warteten darauf, dass alles ein Ende fände. Nur noch ein paar Augenblicke, die Männer rollten schon Steine herbei oder schleppten gebückt welche heran; sie schienen gar nicht so groß zu sein, aber auf dem Friedhof ist alles schwerer, hier drückt es einen zu Boden. Sie legten einen Steinkreis um jedes Grab, befestigten ihn, legten einen zweiten und dann einen dritten darauf und befestigten auch sie gut: Das ewige Haus darf nicht instabil oder krumm sein. Die Arbeiten dauerten lange – so viele Gräber, die Männer wischten sich den Schweiß von der Stirn, die Frauen sangen die schönsten Lieder zum Abschied der toten Seelen, für alle dieselben, so waren alle zufrieden, die Seelen unterschieden sich ja nur wenig.

Die Mauern rund um das Grab standen schon, die oberste Reihe ragte hervor, damit man das Grab auch nach dem Schließen noch sah. Die Männer hätten gern Erde hineingeschüttet, doch Kirnis war wieder unruhig, lief hin und her, die Glöckchen seines Schuhs klimperten. Das Boot, ja, das hatte er vergessen, ob absichtlich oder nicht. Kirnis schob es über den Boden, es fiel ihm schwer, der Tag war lang gewesen und so voller Neuigkeiten, dass es selbst für das Herz des alten Mannes, das schon alles Mögliche gesehen hatte, zu viel war. Keiner half ihm: dumme Wünsche, einfältige Werke, wozu denn dieses Boot … Kirnis rackerte sich allein ab, er sah, dass nicht viel dabei herauskam, die Männer schütteten schon voller Energie Erde auf die Leichname; und Gondas stand taub und blind für fremden Schmerz daneben. Kirnis ging langsam zu ihm, so konnte er die Sache nicht stehen lassen, und trat mit aller Kraft, immer wieder, ganz ohne Federlesen auf Gondas ein. Man würde schon sehen, wie lange der Anführer stehen bleibt, wie geduldig er sei.

Gondas begriff nicht sofort, was mit Kirnis los war, was der Alte schon wieder von ihm wollte, die Glocken bimmelten und bimmelten, die Menschen arbeiteten, ohne den Blick auch nur einmal zu heben, zu viel war heute passiert. ›Lästig wie eine Fliege‹, dachte Gondas bei sich, während er in seinem Herzen lachte, ›ach dieser Kirnis ist ein Lieber, je weniger Verstand, desto mehr Güte.‹

»Legt Jagaubis das Boot ins Grab«, sagte Gondas, »soll er doch auch dort damit herumfahren, wenn er das hier so gern getan hat.«

›Blöde Zeiten, einfältige Sitten‹, dachten die Männer bei sich, ›die Welt nähert sich dem Untergang, ganz genau.‹ Aber der Anführer hatte gesagt, es müsse da hinein, mit den Krankheiten war das so eine Sache, sie konnten jeden Beliebigen treffen, jeden von ihnen ins Grab bringen.

Also legten sie das Boot hinein, schütteten Erde darauf, stampften sie schön fest, und das war's.

Alle, die noch da waren, gingen zurück in ihr Leben, und allmählich kehrte der gewohnte Tageslauf wieder.

26. Regen

Wenn nichts los ist, übersieht man leicht das Wichtigste.

Alle liefen emsig herum, mit den Sorgen des Alltags beschäftigt, kochten, rührten, fluchten über die Kinder, die ihnen andauernd im Weg standen, hüteten die Tiere auf der

Weide, machten auf Gondas' Geheiß die Pferde reisefertig, wie könnte er auch lange zu Hause rumhocken, die Straße rief, die Säckel wollten wieder gefüllt werden, die Seele war ruhelos, wenn sie einmal gereist war, konnte man sie nicht mehr aufhalten. Alles wie immer, sogar der Regen – auch der war im Sommer völlig normal. Es schüttete, kein Ende in Sicht. Die Frauen runzelten die Stirn, in den Gärten stand das Wasser, die Kinder husteten, die Männer hatten nichts zu tun, nicht einmal auf die Jagd konnten sie gehen, sonst stachen sie noch aus Versehen einen der Ihren ab, mancher glich wirklich einem Bären, was Größe und Schultern betraf.

Die Leute hielten es nicht mehr aus, gingen zur Alten mit den Wolfsbissen am Bein, vielleicht wusste sie ja Abhilfe, vielleicht konnte sie dem Regen wenigstens für ein paar Tage Einhalt gebieten.

»Geht nach Hause!«, rief ihnen die Alte entgegen, noch bevor sie die Tür öffnen konnten.

»Wir …«, wandten sich die Mutigsten an sie, obwohl sie ahnten, dass es sinnlos wäre.

»Ihr, na und?«, entgegnete die Alte. »Ihr seht nur euch selbst. Es regnet, das ist nichts Neues, es wird schon aufhören, es hat noch nie ewig geregnet, also hört es auch diesmal auf.«

Die Männer sahen einander wütend an, wo hatte man so was schon gesehen, mussten sie sich etwa wegen dieser Kleinigkeit an Gondas wenden, wurden sie denn nicht selbst mit dieser Alten fertig?

Einer von ihnen versetzte einer Wand einen solchen Tritt, dass Strohhalme herausfielen und wie winzige Boote davonschwammen. Die Männer traten vom einen Bein auf das andere, ließen das Wasser der Pfützen spritzen und dachten darüber nach, was sie tun sollten. Ihre Hütte anzünden, vielleicht hätte sie dann wenigstens die Güte herauszukommen, aber was sollte denn brennen bei so einer Sintflut.

»Kommt morgen wieder«, sagte die Alte zu ihnen.

Sie gingen mürrisch auseinander, aber was wollten sie auch anderes, dann also morgen.

Am nächsten Tag kamen alle wieder, noch aufgebrachter, noch belämmerter, doch die Alte ließ sie erneut nicht ins Haus, grummelte nur etwas aus der Hütte, der Regen sog die Worte auf, und sie flossen wie winzige Boote mit dem Wasser ab.

»Kommt morgen wieder«, sagte die Alte erneut.

Sie selbst lag still da, verließ nie ihr Bett. Warum auch? Es goss in Strömen, da konnte sie nicht einmal ihre Arzneien zusammenbrauen. Sie wusste, was die Menschen wollten: die Zeit kontrollieren, das Wasser aufhalten, möglichst auf der Stelle, nach Lust und Laune, aber das hatten nicht sie zu entscheiden, das Leben ist so, wie es ist, in vielen Fällen darf man sich nicht einmischen, man kann es nicht einfach umrühren wie einen Topf mit Heilkräutern, ›Da ist jemand, der das auch ohne uns tut, uns nach Lust und Laune herumwirft, und uns bleibt nichts anderes, als zuzusehen und zu staunen.‹

Die Alte musterte die auf allen Seiten zum Trocknen aufgehängten Kräuter, ein Geschenk der Götter, eine bunte Vielfalt aus großen und kleinen Blättern, selbst nach monatelanger Suche hätte man keine zwei Gleichen gefunden. Sie schaute sich die Töpfe an, ›So schön, unsere Handwerker verstehen etwas vom Töpfern, so glatt, ob groß oder klein, keine Risse, koche, so viel du willst, die Ränder sind so gut gemacht, dass keine Pampe überläuft, selbst wenn du sie vergisst.‹ Gondas hatte einmal ein Glas von seinen Reisen mitgebracht, nur für sie, doch die Alte zischte: »Was soll ich damit, ich kann keine Medizin aufbewahren, wenn das Licht eindringt.« Doch dann strahlte die Sonne herein und tanzte über die Ränder des Glases, flackerte, wenn sie an kleinen Vertiefungen abprallte, durch die ganze Hütte. Das Herz der Alten wurde sanft und weich, sie stellte das Glas an einen Ehrenplatz, sollte doch die Sonne ihre Kraft in ihrer Hütte ruhig unter Beweis stellen.

Die Alte stieg nicht aus ihrem Bett, freute sich an den Gaben der Götter, während die Dummheit der Menschen sie nicht im Geringsten erstaunte, sie wälzte sich ruhig von einer Seite auf die andere, und sogar der Schmerz im Bein mit den Wolfsbissen schien jetzt zum Guten zu gereichen. Noch regnete es fürchterlich, aber die Alte sah das Glas schon hin und wieder aufblitzen, der eine oder andere feine Lichtstrahl drang durch die Wände herein, und mit jedem Tag wurden es mehr.

Gondas berichtete, Glas sei manchmal auch flüssig, man halte es ins Feuer, bis es ganz weich werde, Gondas sagte, »wie Honig, dann kannst du damit machen, was immer du willst«, Glasperlen oder Kelche, und mit der Zeit härte es aus. Er log die Alte sicher an. Gondas hielt dagegen: »Und warum wird Metall dann im Feuer weich?« Stimmt, das wusste auch die Alte, dass es so war, sie hatte es selbst gesehen, wie Weiches im Feuer hart wurde und Hartes weich, genau wie die Menschen, dem war nichts anzufügen.

Die Männer lungerten bei der Hütte herum, zertrampelten das Futter – hätte man sie etwa davon überzeugen können, dass sich die Dinge auch ohne Mühe, ohne Willen, ohne Lärm ändern? »Kommt morgen wieder«, sagte die Alte, »hört auf, wie die Mücken herumzusirren, die Wolken sind keine Germanen, die könnt ihr weder mit dem Schwert noch mit dem Speer durchbohren, wie stark eure Waffen auch immer sein mögen, wie meisterhaft der Schmied sie auch gefertigt hat – das übersteigt eure Kräfte und selbst die meinen, die Sonne kann man weder mit euren Sesterzen kaufen noch mit meinen Tränken herbeirufen.«

»Was nölst du denn da?« Die Männer waren wütend, sie wollten alles so haben, wie sie es gewohnt waren, alles so hören, als würde es ihnen die Alte aus freien Stücken erzählen.

»Kommt morgen wieder«, sagte sie.

Die Männer kamen gehorsam wieder, wer weiß, ob aus Angst oder weil sie nichts Besseres zu tun hatten. Sie kamen, standen eine Weile da, traten von einem Bein aufs andere, fluchten zusammen, das war immer noch besser als nichts, dann schlichen sie sich wieder zu ihrer Frau davon, wenn sie denn eine hatten.

Eines Morgens hörte der Regen genauso ruhig wieder auf, wie er begonnen hatte. Die Männer freuten sich, sie waren nicht umsonst hin und her gegangen, hatten die Alte nicht vergeblich gebeten: »Seht nur, wie stark sie ist, die haben wir nicht umsonst, wir glauben nicht umsonst an sie, sie hat immer weiter ihre Pampe gekocht, das Nötige geflüstert, und der Regen hat aufgehört, nicht ein einziger Tropfen fällt mehr, der Wind hat die letzten Wolken weggeblasen. Wie sollen wir uns auch nicht über solche Macht freuen, wo wir doch alles so schön geordnet haben?«

In den trocknenden Pfützen lagen Schweine, wärmten ihre Flanken in der Sonne, genau wie die Menschen, und hofften, für immer so weiterzuleben.

27. Blut

Glesum erwachte, die Stille hatte sie geweckt. Sie setzte sich auf, sah sich um, schon Morgen, schon hell, und das kleine Mädchen weinte nicht. Glesum war starr vor Schreck. Seit Jagaubis' Beerdigung war Gondas nicht mehr zu ihr gekommen, er gab sich kalt und distanziert und ließ Glesum und das kleine Mädchen in Ruhe.

So verbrachten sie ihre Tage allein und in Frieden, das kleine Mädchen krabbelte schon herum, war fröhlich und aß gut; schneeweiß, sie hatte die Sonne noch nie gesehen, ein wahrer Goldschatz. Glesum hatte sie nie nach draußen gebracht, sie glaubte, kaum ginge die Tür auf, würde jemand sie ihr wegnehmen oder beide abschlachten, noch bevor sie über die Schwelle getreten wäre. ›Warum auch nach draußen gehen‹, dachte Glesum bei sich, ›sie wird noch früh genug erwachsen, alle möglichen Orte besuchen, ich war ja wer weiß wo, aber bin ich deshalb etwa viel glücklicher?‹

Sie gab sich Mühe, alle Wünsche der Kleinen zu erfüllen, noch bevor sie ihr einfielen, damit sie nur ja nicht weinte, niemand sie hörte, niemand ihr weh tat. Sie war noch so klein und tollpatschig, sie würde zu jedem Zutrauen haben, wenn er sie nur herumtrug. Glesum hatte sich geweigert mitzugehen, sogar laut geschrien und war trotzdem in solche Fernen verschleppt worden. ›Ich kann nicht zulassen, dass so etwas auch meinem Kind geschieht, nein, das kann ich wirklich nicht. Je länger niemand etwas von ihm weiß, desto besser.‹ Das Haus lag abseits, niemand kam her, was sollte man auch mit einer Stummen anfangen, was hatte man von ihr zu erwarten? Sie schwieg, und das war gut, weit weg – noch besser.

Auch für sie beide. Sie wohnten von den anderen abgeschieden, doch miteinander verwachsen, im Schlaf verknäulte sich die Kleine so sehr in Glesums Locken, dass sie sie morgens nicht mehr herausbekam. Tagsüber folgte sie Glesum auf dem Fuß – wo immer sie war, da war auch ihr Kind, beide hatten sich Vorsicht angewöhnt, die eine achtete darauf, wo sie hintrat, die andere krabbelte nicht zu nahe an die eine heran; und doch befanden sie sich stets beieinander, wie zwei Zweige desselben Baumes, wer weiß, wessen Wille sie zueinander gebracht hatte.

Es kam ein grauenvoller Abend. Glesum sprach zwar nicht, doch ihr Gehör war scharf wie das einer Wilden, einer Mutter. Sie zählte jedes Rascheln, witterte jede Gefahr. Als sie Schritte hörte, sang sie wie jeden Abend für die Kleine, wollte gerade Feuer machen, doch das Scheit blieb in der Luft hängen. Diese Schritte stammten nicht von Gondas, die kannte sie gut. Das waren leichtere, die einer Frau. Selija. Oh Göttermutter, Selija.

Glesum stürzte zu ihrem Lager, hob die Kleine auf, obwohl sie schlief, obwohl sie davon wach wurde, küsste sie von oben bis unten ab, umarmte sie fest, befürchtete aber zugleich, sie könnte sie zu fest drücken. Woher nur wusste sie, wie, selbst noch Kind, aber quicklebendig, sie würde auch das kleine Mädchen retten, das noch nicht gehen konnte und doch zu ihr gekommen war.

Glesum steckte das Mädchen unter die Achseln, in der anderen Hand drückte sie ein Messer. ›Ich steche zu, egal wohin, selbst in die Luft, ich werde sie erledigen, ohne sie zu berühren, Menschen sterben auch ohne Blut.‹ Das kleine, eingeklemmte Mädchen bekam den Schluckauf, weinte, so leise es konnte.

Glesum stand da und zitterte, als könnte allein das Selija fernhalten. Sie atmete ein, Selija tat es ihr nach, beide seufzten zugleich, beide horchten, beide weinten. Sie standen wie angewurzelt da, sie beide und auch die Zeit, die dritte im Bunde, die man nur in der Not erkennt. Das kleine Mädchen hörte auf zu wimmern, spielte mit Glesums Haar, lutschte den Daumen, Speichel floss abwechselnd mit Glesums Tränen, tropfte auf den schmutzigen Lehmboden, versickerte und verschwand. Stille, leiser als leise, und Warten auf das, was aus der Stille geboren würde.

Es schien nicht enden zu wollen, bis in alle Ewigkeit. Glesum hatte Angst, sie würde einschlafen, ihre Augen verklebten, ihre Beine wurden weich, obwohl sie sich fest an die Wand lehnte, als hätte die Angst ihr die ganze Lebenskraft ausgesaugt.

Selija hatte Angst, sie würde einschlafen, ihre Augen verklebten, ihre Beine wurden weich, obwohl sie sich fest an die Wand lehnte. Zwei Frauen, beide mit ihrem Schmerz, so ähnlich, was könnte auch anders sein, ›wir verteidigen nur unsere Kinder wie eine‹, wie ein durch eine Mauer in zwei Teile geteilter Körper, wie eine einzige Seele, verbunden durch die stumme Ungerechtigkeit. Keine von beiden hatte es so gewollt, keine hatte sich das ausgesucht, das Leben hatte sie an den Haaren hierhergezogen, wie Lumpen hergeschleift, hergezerrt und gelacht, während sie weinen mussten. Zwei Herzen, poch-poch, poch-poch, flossen in den Rhythmus des Universums ein, vereinten sich mit dem Pochen von Millionen anderer Herzen, die gelitten hatten oder es noch würden, und drehten das Rad des Lebens vorwärts, rasch und reibungslos, ohne Quietschen.

Keine der beiden wusste, wie viel Zeit vergangen war, vielleicht eine Minute, vielleicht ein Jahr, beide rührten sich zur selben Zeit, sie mussten doch etwas tun, konnten nicht bis zum Lebensende an die Wand gelehnt stehen bleiben, sie trockneten ihre Tränen, die übrigen wären für das nächste Mal, und lebten weiter – die eine draußen, die andere drinnen.

Glesum legte das kleine Mädchen hin, sah Blut, tropf-tropf, wusste aber nicht, woher es kam. Es war ihres, der Göttermutter sei Dank, ja, das ihre, sie hatte das Messer aus Angst so fest gedrückt, dass die Klinge in ihr Fleisch schnitt, so fest hatte sie es gedrückt, und jetzt blutete sie, und wie! Es war schon ganz dunkel und kalt, ihre Kleine war traurig und hatte nichts gegessen, genug Milch da, sie umklammerte den Lappen in ihrer Faust, das Blut quoll hervor, und schon wieder – tropf-tropf.

Der Herbst war gefährlich, die Kranken würden jetzt oder gleich nach dem Winter sterben, dazwischen lagen bessere Zeiten, alle kamen zu Kräften, es gab keinen Grund, sich so zu fürchten. Aber jetzt war Herbst und Morgen, und ihre Kleine weinte nicht. Glesum musterte sie, strich ihr über die Stirn. Heiß wie glühende Kohlen, das Mädchen schlief und atmete kaum und ganz leise, käseweiß – noch viel mehr als je zuvor.

Niemand, dem sie es hätte erzählen können, niemand, den sie hätte um Hilfe bitten können. Gondas war zwar noch da, machte sich erst für die Reise bereit, aber würde er überhaupt davon hören, sich um die Kleine kümmern wollen? Glesum hatte ihn noch nie um etwas gebeten, wer weiß, was wäre, wenn. Und wie sollte sie ihn zu sich rufen? Sie konnte ja nicht einfach bei ihm ins Haus schneien und ihn vom Tisch wegzerren, zu ihr gehörte niemand, sie war auch selbst niemand. Ein Niemand mit einem kranken Kind im Arm.

28. Nebel

Das kleine Mädchen war schon seit vielen Tagen krank. ›So wird das nichts‹, dachte Glesum bei sich, ›nichts hilft, ich habe ihr eiskalte Lappen aufgelegt und Heilkräuteraufguss eingeflößt.‹ Nichts, ihr Fieber war nicht gefallen, sie lag beinahe leblos da, atmete fast nicht. Wenn sie immer weiter warteten, würden noch beide ihr Leben aushauchen.

Sie wickelte das kleine Mädchen in ein paar Stofflappen und einen Pelz, zog sich selbst an und packte alle Essensvorräte ein. ›Der einzige Ort, wo ich jetzt noch hinkann, ist mein Stamm, dort wird man mich aufnehmen, die Leute dort stehen mir näher als die hier‹, dachte Glesum bei sich, auch wenn sie nicht einmal die Richtung kannte. Hauptsache, sie kam ungesehen an den anderen vorbei, durch das Dorf in den Wald, dann würde sie den richtigen Weg schon finden. Es sollte nicht allzu weit sein, dort war alles fast wie hier. Wichtig war, sich in Sicherheit zu bringen, wichtig war das kleine Mädchen, hier hatte sie nichts Gutes zu erwarten, besonders wenn Gondas wieder davonzog.

Wortlos huschte sie an den Wegrändern entlang, es war noch früh, dämmerte erst, die von weiter nördlich für den

Winter angeflogenen Vögel zwitscherten über ihr; kein Sonnenstrahl, still wie in der Nacht, nur das Vieh brüllte, weil es an den Beinen fror. Noch herrschte Ruhe, niemand stand um diese Zeit auf, nur Kirnis, aber vor diesem Halbtauben brauchte sie keine Angst zu haben – je weniger er hörte, desto liebenswürdiger wurde er. Wenn er Glesum sah, kam er immer zu ihr und streichelte ihr den Kopf, ein Kauz, doch sie mochte ihn. Jetzt schaute er sie schief an, sagte jedoch nichts. ›Gut so, schweig nur, alter Mann, wir alle lernen mit dem Alter zu schweigen.‹

Die ersten Bäume, mächtig, mit dichtem Blätterwerk, am Waldrand wurde ihr leicht ums Herz. Glesum drang durch das dichtere Unterholz, schlug das Fell auf, hielt das Mädchen dicht vor das Gesicht und überprüfte, ob es noch am Leben war. Es wimmerte, als wollte es nicht getragen werden. ›Was weißt du schon, kleine Närrin, warum glaubst du mir nicht? Du wirst schon sehen, so ist es besser.‹ Sie sammelte Beeren, leicht angefroren, sie lutschte sie und gab auch der Kleinen davon. Wer sie sah, sollte denken, dass sie einfach so hier herumschlenderte, ein Fell unter den Arm geklemmt, und die letzten Früchte des Waldes sammelte.

Glesum hüpfte so befreit herum wie schon lange nicht mehr, ihr Herz sang, nur die Kehle blieb still.

Die Männer bereiteten sich auf die Jagd vor. Das Wetter passte, bald regnete es, bald schneite es fast, weder Herbst noch Winter, federleichter Bodennebel. Sie lachten fröhlich, sammelten sich in kleinen Gruppen mit Speeren in den Händen – oder auch Äxten, falls sie ein größeres Tier erlegen müssten. Gondas ging nicht mit, er sagte ihnen nur, welche Tiere sie schießen sollten, welches Fleisch für den Winter und welche Pelze zum Verkauf noch fehlten. Er stand voller Stolz da, er wusste, dass seine Männer alles richtig machen würden. Sie würden nur die Großen, Jungen, die mit gutem, dichtem

Fell nehmen, passend für den Winter, Gondas wollte die Wagen nicht mit minderwertiger Ware beladen.

In großen Gruppen zogen sie zum Wald und nahmen auch die jungen Burschen mit, ›sollen sie nur lernen‹, und auch für das Aufscheuchen der Tiere waren sie gut. Kirnis folgte ihnen. Ein aufdringlicher alter Mann, er rannte, so schnell er konnte und schrie, während sein Schuh bimmelte. »Warum folgst du uns«, raunzten die Männer, »so einer hat uns gerade noch gefehlt auf der Jagd, der hebt weder seinen Speer vom Boden, noch schleppt er die Beine hinterher.« Einer hob einen Stein auf und warf ihn nach Kirnis: »Geh nach Hause!« Kirnis folgte den Männern trotzdem, sie beschleunigten, er auch. Jetzt bewarfen ihn schon mehrere gleichzeitig mit Steinen: »Warum schleichst du uns hinterher wie ein tollwütiger Hund?!«

Schließlich gab sich Kirnis geschlagen. Unter Tränen, aber ohne Kraft. Er legte sich hin und trommelte mit den Fäusten auf den Boden. Krähen kreisten über ihm und dachten: ›Vielleicht ist er ja tot, vielleicht baumelt nur seine Hand noch hin und her.‹

Die Männer waren schon tief im Wald, marschierten weiter, ohne sich umzuschauen, lautlos, huschten durch das Jungholz, schoben die Zweige auseinander. Die Mutigeren voran, die anderen hinter ihren Rücken, Zeit genug, hervorzuspringen, wenn nötig. Sie waren ruhig, hatten schon genug Wild erlegt, selbst wenn ihnen heute kein Glück beschieden wäre, würden sie nicht verhungern, die heutige Jagd fand mehr zum Spaß statt. Sie lächelten – wenn man etwas nicht aus Notwendigkeit tut, singt das Herz, und die Speere klappern zustimmend.

Glesum fuhr zusammen, sie hörte etwas. Keine Stimmen, nur Schritte, viele und schwere, von Männern. Sie würden sie wieder wer weiß wohin verschleppen, diesmal mit Kind. ›Woher nur all diese Männer, kaum nimmst du dein Leben selbst in die Hand, kaum fängst du an, frei zu atmen, sind sie auch schon zur Stelle, alle gleich, ob Ästier, Germanen oder Römer. Sie kommen, wann immer sie wollen, stopfen dir den Mund, nehmen deine Seele in den Würgegriff, und du, was kannst du? So ist nun einmal dieser Stamm, mehr kann er nicht.

Diesmal werden sie mich nicht lebend fassen‹, dachte Glesum bei sich, ›diesmal schreie ich so laut, dass die Trommelfelle platzen, wehre mich mit Händen und Füßen, bis sie die Schnauze voll haben und mich abmurksen. Das Mädchen erwürge ich selbst, das bekommen sie nicht. Sollen sie ruhig wie die Stiere mit blutunterlaufenen Augen dreinschauen, sollen sie doch sabbern, so viel sie wollen, sie werden sich eine andere suchen müssen.‹

Solange das noch ging, sollte sie ein Versteck suchen. Sie fand eines unter der schwärzesten Tanne, gut, dass die Kleine jetzt ruhig war. Glesum nahm das Mädchen aus dem Fell und schob es tief hinein ins Geäst, so war die Gefahr weniger groß, dass man es entdeckte. Sie umarmte die Kleine, herzte sie, dann warteten beide kauernd darauf, was nun käme.

Die Männer umstellten das Wolfsrudel und zogen den Kreis schweigend immer enger. Die Wölfe spürten das, liefen auf eine Seite, um zu entkommen, doch die Männer holten sie ein, also ging es wieder zurück. Der Leitwolf knurrte und bellte, warnte die anderen vor der Gefahr. Ein stämmiges altes Männchen, das würden sie auf keinen Fall erschießen, ein Rudel ohne Anführer wird schnell zur Bedrohung. Es gab genug Jungwölfe, schöne, mit grau glänzendem Fell, die waren noch nicht so schlau, leichter zu töten. Die Wölfinnen wollten sie leben lassen, sollen sie doch im Frühling ruhig ihre Welpen werfen, davon hätten sie mehr.

Die Männer zeigten den Burschen, auf welche Wölfe sie es abgesehen hatten. Die Wölfe zeigten den Burschen, in welche

Richtung sie angreifen mussten. Alle warteten wie versteinert, wer zuerst angriff.

Auch Glesum war ganz steif, sie hatte taube Beine vom Kauern, doch sie harrte aus.

Alle Herzen schlugen wie wild, poch-poch-poch, Dampf stieg auf, Unruhe erfüllte die Luft.

Die älteste Wölfin rannte zuerst los, preschte zwischen den Männern hindurch, wie eine Wahnsinnige, und verschwand im Wald. Die Männer rührten sich nicht von der Stelle, hielten Speere und Äxte in ihren erhobenen Händen, die Schäfte aus Holz, doch die Spitzen aus Metall, messerscharf, so gut gefertigt, dass sie alles durchstießen.

Die anderen Wölfe würden gleich folgen. Ein paar Sekunden, und alles wäre vorbei. Falls sich einer bewegte – ein Axthieb auf die Stirn, und sie wäre in zwei Hälften geteilt. Unsere Äxte brachten germanische Köpfe zum Explodieren, da waren Wölfe ein Kinderspiel! So standen sie da, die Träumer, einige erinnerten sich an erfolgreiche Schlachten, wer noch keine gefochten hatte, der träumte halt von der Beute.

Das kleine Mädchen begann zu heulen. So ohrenbetäubend, als wäre sie bei bester Gesundheit. Die Männer blieben mit steinernen Mienen und erhobenen Armen stehen, die Speere hielten sie starr in der Luft, nur ihre Köpfe drehten sich in die Richtung, aus der das Weinen kam.

Die Wölfe bellten, der Leitwolf griff zuerst an, gefolgt von den anderen, die Jüngeren überholten sie sogar, durch die Löcher im Männerkreis auf und davon. Die Männer kochten natürlich vor Wut. Sie würden Kirnis den Hintern versohlen, wenn sie wieder zu Hause wären, er hatte von Anfang an alles verdorben als schlechtes Omen.

Die wütenden Männer zerrten Glesum an den Haaren aus dem dichten Tannengeäst und mit ihr das kleine Mädchen. Glesum wollte davonrennen, doch ihre tauben Beine hörten nicht auf sie, sodass sie gespreizt dastand und nicht vom Fleck kam wie in einem schrecklichen Albtraum. Sie schrie nicht, obwohl sie sich das zuvor geschworen hatte, und sie kratzte nicht mit den Fingernägeln, sondern stand einfach da und ergab sich dem Schicksal, wie sie es schon so oft getan hatte.

Die Männer umringten sie und glotzten, was für ein Ungeheuer sie da hervorgezogen hatten, mit einem Kopf voller Dornen, völlig verweint, die Nase lief nur so, der Rotz floss bis über die Lippen hinunter. Trotz allem keine schlechte Beute – ein wenig säubern, und schon konnte man sie verkaufen. Sie wollten sie schon mit sich schleppen, keine Wölfe, dann eben die hier, doch dann ging einem von ihnen ein Licht auf: »Das ist doch Gondas' Taubstumme!«

Da wichen alle vor ihr zurück, als wäre sie mit einem Fluch belegt. Wenn Gondas erfuhr, dass einer von ihnen sie berührt hatte, würde er den Betreffenden umgehend den Wölfen zum Fraß vorwerfen. Sie wandten sich auf der Stelle um und machten sich aus dem Staub, die Burschen folgten ihnen, auch wenn sie nicht wussten, warum. Sie würden es schon begreifen, wenn sie größer wären, Hauptsache, sie kamen jetzt mit heiler Haut davon.

Glesum blieb eine Weile so stehen, während die Taubheit in ihren Beinen sich langsam verzog, ihr Herz sich beruhigte, dann wischte sie sich die Tränen ab und ging. Sie wusste, sie war hässlich, kein Wunder also, dass die Männer vor ihr erschrocken waren. Hässlich, aber frei. Frei mit einem Kind in den Armen.

Die Männer erlegten auf dem Heimweg ein paar Wildschweine, niemand wusste genau, wozu das gut sein sollte, aber besser als nichts, sie hätten Gondas etwas vorzuweisen, wenn er nachfragte, wo sie sich den ganzen Tag herumgetrieben hätten und warum sie blau angelaufen seien, als hätten Geister sie aus dem Wald vertrieben.

V.
EPSILON
IM KLEINEN BÄREN

Ein Doppelstern und gelber Riese. Die beiden Sterne kreisen so nahe um den gemeinsamen Schwerpunkt, dass sie von der Erde als einziger Stern erscheinen und sich etwa alle vierzig Tage gegenseitig verfinstern. Hinzu kommt ein dritter Stern, der 8.100-mal weiter von der Erde entfernt ist als die Sonne, sodass seine Eigenbewegung nicht bestimmt werden kann, doch alle drei bewegen sich gemeinsam durch den Raum.

Die Entfernung zum Himmelsnordpol beträgt acht Grad, die zur Erde etwa 345 Lichtjahre. Epsilon Ursae Minoris leuchtet mit der etwa 225-fachen Kraft der Sonne und ist nur geringfügig kühler als sie. Der sterbende Stern verwandelt sich allmählich in einen roten Riesen – viel heller als jetzt.

29. Blut

Fatalerweise war Glesum von klein auf allein gewesen, alle ließen sie im Stich, niemand brachte ihr etwas bei, aber sie gab nie auf, strengte sich nach Kräften an. Solange sie bei ihrem eigenen Stamm lebte, ging sie, wohin sie gerade wollte, aber immer nur so weit, dass sie den Heimweg noch fand, mit jedem Tag weiter, sie merkte sich jeden Baum oder Pfad. »Wenn du nicht aufpasst und dich verirrst – dein Problem, niemand wird nach dir suchen, wenn die Wölfe dich fressen – selbst schuld, dir hat doch niemand gesagt, du sollst so weit weggehen.« Niemand nahm sie mit, niemand lehrte sie zu gehen, weder durch den Wald noch durch das Leben. So war sie erwachsen geworden und hatte als Einziges in Aquileia gelernt, das Haar ihrer Herrin in Locken zu legen und ihre Tuniken für sie bereitzulegen, aber was hatte sie jetzt davon? Hier gab es weder Damen noch Tuniken, nur den Wald und den Drang nach Hause, doch sie kannte die Richtung nicht.

Glesum redete nicht und hatte so viel zu sagen. Jetzt, wo sie ein Mädchen aufzog, deren Kindheit ganz anders aussah, krochen die Erinnerungen hervor wie die Bären im Frühling aus ihren Höhlen, schlüpften wie die Schmetterlinge aus ihren Puppen, flatterten umher und kitzelten sie. Vielleicht war ja ihre Mutter gar kein solches Scheusal, vielleicht ihr Vater gar nicht so böse gewesen, er hatte sie bei der Arbeit immer zuschauen lassen. Er war anders als die anderen, man fürchtete ihn, auch Glesum hatte Angst vor ihm, doch sie hatte sich, wenn überhaupt, immer an ihn gewandt; und jetzt ging Glesum und trug ihre Kleine mit sich, so klein, noch so klein.

Der Erste, den man zu Vater gebracht hatte und an den sich Glesum erinnerte, war ein junger, großer Mann mit einer großen Stichwunde in einer Seite und – noch schlimmer – einem fürchterlichen Beinbruch, herausragende Knochen, Blutlachen, langes blondes Haar – auch das voller Blut. Der

Mann schrie nicht, er verdrehte nur die Augen, ballte die Fäuste, während das Blut immer weiter hervorquoll. Glesum, damals noch ein kleines Mädchen, streichelte dem Mann den Kopf, drückte ihre Hand auf seine Stirn, während der Vater die Männer herbeirief und sie den Mann festhalten hieß, er flößte dem Verwundeten vom Trunk ein, den er selbst angesetzt hatte, befahl den Männern erneut, ihn festzuhalten: »Sieh doch, Vater, er stirbt«, sagte Glesum, »seine Augen sind ganz weiß ...« – »... er stirbt nicht«, erwiderte der Vater, »streichle ihn weiter!«, und Glesum streichelte ihn, so gut sie konnte, da packte der Vater den Fuß und zerrte am Bein, der Halbtote schrie nicht nur los, sondern setzte sich auch auf und stieß Glesum unter die Bank.

Die Männer legten ihn wieder hin, Glesum streichelte ihn, der Vater schiente das Bein mit zwei kräftigen, geraden Stöcken, verband es gut und ließ den Patienten von einem anderen Gebräu trinken.

»Wasch ihn und deck ihn gut zu«, sagte der Vater und ging.

Glesum wusch den Mann, das Blut strömte auf den Lehmboden, sie begann erst jetzt vor Schreck zu weinen. Sie deckte ihn gut zu, machte Feuer, wischte ihm den Schweiß ab, hielt seine Hand, während der Wahn auch sie überkam; bald schlief sie ein, bald erwachte sie, wenn der Vater sie aufweckte.

Als der Mann wieder zu Kräften kam, schickte der Vater Glesum weg, ließ sie nicht einmal mehr in seine Nähe. Auch später war das immer so: Männer, Frauen, Verwundete, Junge und Alte – alle wurden in ihrem Haus behandelt, doch nur bei den Schwerstkranken musste Glesum dabei sein, bis sie über dem Berg waren, und dann: husch-husch! Glesum war es so gewohnt, und es war gut so.

Dann brachte man einen Jungen zu ihnen, von einem anderen Stamm, man hielt dort sein Schreien nicht mehr aus. Das Kind war etwa so groß wie Glesum, aber völlig abgemagert, der Kopf dagegen riesig, besonders die eine Seite wölbte sich wie eine Beule nach außen. Das Kind brüllte vor Schmerz, drückte den Kopf mit den Händen, schmiegte sich an seine Mutter und sah so abscheulich aus, dass Glesum erbrach.

Der Vater sah sich den Jungen an und ging seines Weges, doch am nächsten Morgen machte er alles bereit, befahl, Feuer zu machen, Messer und Meißel in die Flammen zu halten und rief noch mehr von den stärksten Männern herbei als sonst. Sie hielten das Kind zu fünft fest, obwohl man ihm schon einen Trunk verabreicht hatte und es völlig benommen war, einer von ihnen hielt den Kopf eingezwängt.

Glesum schickte man weg, die anderen gingen von selbst, wer hätte schon solche Abscheulichkeiten sehen wollen, doch als ihr Vater sich an die Arbeit machte, kroch Glesum immer näher, musste sich dabei aber mehrmals übergeben. Der Vater rasierte dem Jungen das Haar ab, wusch ihn, schnitt ein Stück Haut heraus und legte es wie ein Tuch auf den Scheitel. Das Blut floss in Strömen, keine Zeit zum Abwischen. Dann trieb der Vater einen kleinen Meißel, den er aus dem Feuer gezogen hatte, noch heiß, klopf-klopf, klopf-klopf, in die aufgedunsene Seite – er schien gar nicht mehr damit aufhören zu wollen.

Glesum stand da und hielt sich fest, sie schien vor lauter Grauen den Boden unter den Füßen zu verlieren. Was würde passieren, wenn ihr Vater ein Loch in diesen Kopf geschlagen hätte, was würde herauskommen? Wahrscheinlich ein Schreckgespenst, wie sie noch keines gesehen hatte. Und ihr Vater fuhr immer weiter mit seinem Klopf-Klopf, das Kind rührte sich nicht, die Männer hielten es so gut fest, vor allem den Kopf, ihre Finger waren ganz bleich.

Glesum schloss die Augen, sie wollte das nicht sehen, vielleicht würde ja das Schreckgespenst, wenn es hervorgekommen war, in den Wald davonrennen, dann müsste sie es nicht sehen. Sie öffnete die Augen nicht, nicht einmal, als ihr Vater sie anschrie: »Schau zu!«

Sie stand da und hielt sich fest, sollte er doch machen, was er will, sie würde ganz sicher nicht hinsehen.

»Du sollst zuschauen!«, herrschte sie der Vater erneut an, da fügte sich Glesum.

Noch ein paarmal klopf-klopf, und der Vater warf ein Knochenstück zur Seite. Kein Monster, nur Blut und eine gelbliche Flüssigkeit, die nicht aufhörte, seitlich herunterzurinnen, während der Vater sie mit Lappen wegwischte, die er zuvor in eine Art Tinktur tauchte.

Glesum musste wieder erbrechen, kein Ende in Sicht, der Vater schloss sein Werk ab, verband den Kopf des Kindes gut, trug es hinaus, während er Glesum sofort wegschickte, den Jungen nicht umsorgen ließ.

Es vergingen viele Tage, bis sich das Kind erholte, herumhüpfte, nicht mehr weinte und sich den Kopf nicht mehr hielt. Wer weiß, ob es ganz gesund wurde, Glesum sah das nicht mehr, sie wurde zuvor an den Haaren gepackt und nach Aquileia verschleppt. Noch lange danach träumte sie von Monstern in Köpfen, die dort wütend um sich schlugen, weil sie keinen Ausweg fanden.

30. Tränen

Wenn es Zeit ist zum Aufbruch, dann ist es Zeit.

Gondas setzte sich als Erster auf sein Pferd, wie es dem Anführer gebührt, für den Krieg ausstaffiert. Zwei Speere, einer lang, der andere kürzer, die Schäfte aus Holz, doch die Spitzen aus bestem Metall. In der einen Hand eine scharfe Axt, um die Schädel der Feinde zu spalten, in der anderen ein Schild, aus Holz, klein, ein Leichtgewicht für einen gestandenen Mann, jedoch mit Metallbeschlägen und einem großen runden Schildbuckel in der Mitte, um Schläge besser zu parieren und, wenn nötig, das Brustbein eines Germanen zu zertrümmern, dazu ein Dolch am Schulterriemen.

Alles von den eigenen Handwerkern gefertigt, Gondas brachte ihnen Kupfer, Zinn, Zink und anderes Rohmaterial von seinen Reisen mit, und sie hämmerten daraus die besten Waffen für ihn, sogar vor den Römern brauchte er sich damit nicht zu schämen. Die Männer brachten auch erbeutete Waffen oder Schilde mit nach Hause, aber nur zum Bestaunen, sie benutzten nur ihre eigenen, gewohnten, sie lagen besser in der Hand und am Herzen, wer weiß, vielleicht versteckte sich ja ein einheimischer Geist darin, also schenkten sie ihnen mehr Vertrauen.

Auch das Pferd, wie es sich für einen Anführer gehörte, mit Sporen, Trense und Halfter, und für Gondas ein Sattel mit Decke. Der Weg war lang, da taten einem bald alle Knochen weh, wenn man unbequem saß.

Selija lief mit finsterem Blick durch die Gegend, Gondas verreiste wieder, er hielt es nicht lange an einem Ort aus. ›Soll er doch reiten, dann tanzen hier wieder alle nach ihrer Pfeife, dann hat Glesums Glück ein Ende, soll er sich doch so aufgetakelt auf den Weg machen. Waffen braucht er, klar, aber wozu die Ringe an vier Fingern, und auch noch die allergrößten, aus dickem Messingdraht wickeln sie sich bis zum Knöchel? Wozu das Halsband? So viel Messing! Schon allein für die Schleife um den dicken Hals braucht es eine Menge davon, aber da sind noch so viele Verdickungen, Verzierungen, Wicklungen und schließlich der Verschluss! Perlen vor die Säue geworfen, anders kann man dazu nicht sagen.

Braucht ein Soldat Armreife, Broschen? Wozu denn? Damit die Kleider richtig sitzen? Er trägt doch gar nicht so viele davon, wie er sich Broschen angesteckt hat, und erst noch von einer Größe, dass er sie kaum tragen kann, er beugt sich ja vornüber. Stimmt, noch krümmt er sich nicht, aber das wird er eines Tages, dann wird er am eigenen Leib erfahren, was er von seiner Prahlerei mit seinen Reichtümern hat. Die Armreife wunderschön, aus feinstem Messing, von der Gestalt eines Mannes, der die Hände zum Gebet erhob, während die Ringe, die den »Körper« umarmten, klein, weiter auseinander und schön graviert waren.

Als ich ihn fragte, wozu er sie brauche, sagte er, so zeige er den Römern seine Macht, und ich glaubte ihm, aber seht doch, er hat Glesum mitgebracht, da habt ihr seine Macht!

Nun fragte ich ihn erneut, wozu das alles, wer das denn brauche, und er sagte:

›Hast du denn noch immer nicht genug? So viel Silber, dass du gar nicht weißt, wohin damit, Kleider und Seide in Hülle und Fülle – nicht einmal in Aquileia hat jede Dame so viel. Was willst du denn noch?‹

›Ja‹, dachte Selija, ›was will ich denn noch? Am besten, ich lege all meine Reichtümer auf meine Decken, umarme sie und schlafe glücklich, besser noch als die Damen von Aquileia.‹

Die Pferde stapften an Ort, sie waren Gondas' Seelenverwandte: »Sagt uns nur, wohin es geht!«, auch die Soldaten von einer Unruhe erfüllt, so viele Waren, ohne gute Wachen würden sie nie ihr Ziel erreichen, natürlich nicht so aufgeblasen wie Gondas; sie trugen kleineren Schmuck, ihre Schulterriemen war nur aus Leder, die des Anführers dagegen mit Messingverzierungen, und auch Ringe hatten sie sich in kleinerer Zahl angesteckt, aber von allem genug, um sich zu verteidigen und auch um anzugeben.

Selbst die Kutschen knirschten unruhig, als könnten sie es nicht erwarten aufzubrechen, alles schön gestapelt und zugedeckt. Gondas erteilte den Befehl zur Abfahrt, Selija ging nach Hause, die anderen Frauen taten es ihr gleich, verabschiedeten sich, winkten, jetzt lag alles in den Händen der Göttermutter.

Aber Gondas hielt den ganzen Zug an und sagte: »Bentis. Ich will auch Bentis mitnehmen.«

»Den kriegst du nicht!«, schrie Selija vor Angst und Schmerz am Rande eines Nervenzusammenbruchs.

»Wer ist er denn, etwa noch ein Kind?!«, brüllte Gondas außer sich.

Die Soldaten blickten starr vor Angst zu Boden.

»Er hat die Zeremonie hinter sich, es ist Zeit!«, schrie Gondas und befahl, Bentis für die Reise bereitzumachen.

Stimmt doch, die Jungen in Bentis' Alter kamen mit auf die lange Reise, sie mussten erwachsen werden, um später an die Stelle der Älteren zu treten, nur der Sohn des Anführers nicht, was sollten denn die Leute sagen?

Bentis war bereit, saß mit Waffen vollgehängt auf seinem Pferd, er würde hinter seinem Vater reiten. Und dann ritten sie los: Gondas, Bentis und der ganze Rest der Kolonne.

Selija legte sich auf den Boden und blieb dort liegen. Aus, Schluss.

31. Schnee

Die Alte mit den Wolfsbissen am Bein wälzte sich im Bett, etwas ließ ihr keine Ruhe. Für eine Weile lag sie auf der linken Seite, dann auf der rechten, ihr Bein schmerzte und kündete Unheil an. Die Alte wälzte sich aus dem Bett, stöhnte, in ihrem Alter könnte sie sich doch Erholung gönnen, aber nein, ihr Magen rumorte und eine böse Vorahnung lastete auf dem Herzen. ›Vielleicht bin ich krank‹, dachte sie, tastete sich ab, drückte da und dort mit den Fingern, ›alles ist in Ordnung, alles an seinem Platz.‹

Die Frau ging nach draußen, der Schnee zertrampelt, Kinder wälzten sich, warfen mit Schneebällen um sich – es gibt keine Jahreszeit, die sich nicht zum Spielen eignet. Männer hackten Holz, aus den Hütten stieg Rauch auf, es roch nach gebratenem Fleisch, Mittag, Essenszeit.

Die Alte sah sich um, was nur war nicht in Ordnung, im Kopf drehte sich alles, die Halswirbel knackten. Keine Jahreszeit, in der im Alter nicht etwas ins Stocken gerät. Die Männer waren still, die Frauen plapperten, die Kinder lachten, aber irgendetwas stimmte nicht. Falls jemand krank war, so käme er als Erstes zu ihr, lag jemand im Sterben, so würde er das von selbst zu Ende bringen. Sie sah in die Ferne – alles ruhig, zum Himmel empor – es schneite, das war alles, sie hielt ein Ohr auf den Boden – das Wasser plätscherte friedlich in der Tiefe. Alles war wie immer, und doch quälte sie eine Unruhe, dass sie kaum atmen konnte.

Dann sah sie Kirnis. Und Kirnis sah sie. Er ging langsam, noch gebeugter als sonst, auf die Alte zu, nahm sie, als wollte er ihr etwas sagen, an der Hand und schleppte sie zu Glesums Hütte. Gut, dass er sie hinter sich her zerrte, so fiel ihr das Gehen leichter. Glesum war krank, das war es, oder das kleine Mädchen, vielleicht hatte sie jemand angegriffen oder ihnen wehgetan, vielleicht lagen sie jetzt in einer Blutlache oder waren schon tot. ›Das kann nicht sein‹, dachte die Alte, ›das ist gegen den Willen der Göttermutter; doch manchmal kommt es so, wie es nicht kommen darf, eine Grausamkeit, wie sie selbst den schrecklichsten Bestien abgeht, bricht auch den Willen der Götter.‹

»Hoffentlich leben sie noch, gib, dass sie noch am Leben sind«, brummelte die Alte.

»Das hoffe ich auch«, pflichtete Kirnis ihr bei.

»Gib, dass sie noch am Leben sind«, wiederholte sie, als würde sie beten, wer sollte sie denn erhören, aber vielleicht half das ja.

Keine Fußspuren rund um Glesums Hütte, wer weiß, ob das ein gutes Zeichen war, rundum strahlendes Weiß, der Schnee glitzerte, die Sonne schien so schön und warm hier am Rande des Dorfes.

Kirnis öffnete die Hüttentür. Leere. Die Alte ging hinein

und sah sich um. Kalt, seit Tagen kein Feuer gemacht, das Wasser im Bottich mit dünnem Eis bedeckt. Kirnis wollte die Dicke des Eises überprüfen, tippte aus Neugier mit dem Finger darauf – sein Arm verschwand schwuppdiwupp bis zum Ellbogen im Wasser.

Die Alte lachte, sie hatte schon lange keinen solchen Narren mehr gesehen. Auch Kirnis lachte, er hatte sich längst an seine Tollpatschigkeit gewöhnt, also lachte er mit.

»Sie ist weggelaufen«, sagte Kirnis.

»Wann?«, fragte die Alte, obwohl sie es wusste.

»Vor ein paar Tagen«, erwiderte Kirnis, der den Ärmel auswrang.

»Hat sie das Mädchen mitgenommen?«, fragte die Alte.

»Natürlich hat sie das, wie sollte sie auch anders?«, erwiderte Kirnis.

»Und warum hast du altes Wrack so lange geschwiegen?«, fragte die Alte, Kirnis wich zurück, um keins mit einem Knüppel übergezogen zu bekommen, die Alte war jetzt die Einzige, vor der er sich noch fürchtete, nicht vor dem Schmerz, sondern vor ihrem Blick, mit dem sie einen ansah, es schien, als würde sie die Seele durch die Augen herausziehen, einen wie feuchten Ton flachdrücken und ins Gebüsch werfen. Kirnis hatte Angst, obwohl er nicht glaubte, dass es wirklich so kommen könnte, war er auf der Hut.

»Deine Seele wird sich wie ein Igel mit Stacheln überziehen, davonlaufen und mit anderen schlafen«, meinte die Alte lachend.

Verdammtes Weib, sie las seine Gedanken. Ein Schauer lief ihm über den Rücken, besser keine Freunde als so eine.

»Du brabbelst die ganze Zeit, Kirnis«, beruhigte ihn die Alte, »nicht einmal mehr ruhig denken kannst du im Alter.«

›Mag sein‹, stimmte ihr Kirnis in Gedanken zu, ›vielleicht kann ich das ja nicht mehr. Sogar als Jüngling wusste ich nur, wie man einen Speer wirft, was also soll man jetzt noch von mir wollen?‹

Sie gingen beide nach draußen, Kirnis zeigte mit dem Finger in den Wald, die Richtung.

»Warum?«, fragte die Alte.

»Warum?«, sprach Kirnis ihr nach.

Sie gingen in den Wald, hüllten sich besser in ihr Fell, sie wussten, der Weg wäre lang – wer weiß, wie weit die beiden schon geirrt waren. Die Alte ging vor, Kirnis folgte ihr. ›Geh, Kirnis, geh, alter Mann, folge mir, du bist wie ein Hund – du witterst besser, du bist der bessere Pfadfinder.‹

Im Schnee nur Tierfußspuren und Häufchen, Kirnis gab Acht, nicht hineinzutreten, auf gar keinen Fall mit dem Schuh, die Glöckchen bimmelten – kling, klingeling, die Alte schnupperte die Luft, ging geradeaus weiter, sie wusste genau, wohin, sie war im Wald besser zu Hause als in ihrer Hütte.

Sie übernachteten Körper an Körper, wohl oder übel, bei dieser Eiseskälte, sogen den Gestank des Greisenalters in ihre Lungen ein. Die Alte machte Feuer, um die Wölfe fernzuhalten, doch sie heulten rundum, als gäbe es im Wald sonst nichts zu fressen. Kirnis schmiegte sich an die Alte wie ein Kind an seine Mutter, sie schob ihn nicht weg, sie sah, dass er schon altersschwach war, fast schon bereit zum Gang in die andere Welt. ›Soll er ruhig noch eine Weile so daliegen, sich wärmen.‹ Die Alte berührte Kirnis' Gesicht, der Greis weinte, die Alte küsste trocken erst seine Augen, dann seine Stirn, streichelte sein Haar unter dem Pelz. ›Immer so einsam, ein armer Kerl, nicht jeder hält das aus.‹ Kirnis kam zur Ruhe, seine Haut wurde weicher, wenn die Alte sie berührte, sein Körper erschlaffte, die Augen schlossen sich. Auch die Alte schlief ein.

Am nächsten Morgen marschierten sie weiter, ganz anders. Kirnis suchte nicht mehr, er hatte gefunden, wer diese Glesum, wer das kleine Mädchen für ihn war, er wartete nur auf den Abend, wo er sich wieder anschmiegen könnte. Er huschte wie benommen von der freudigen Erwartung vorwärts, wenn er zurückblieb, wartete die Alte auf ihn, hielt ihn an der Hand. Die Wintertage waren so lang, sie begannen und hatten kein Ende. Kirnis war müde, aber nicht böse, er könnte sein ganzes restliches Leben so weitergehen, wenn es sein musste.

Als schon der Abend nahte, entdeckten sie Glesum. Sie stapfte durch den Wald, starr vor Kälte und doch schnell, mit jungem Schritt, kam nicht vorwärts, ging immer im Kreis, woher sollte sie auch wissen, wie man sich im Wald nicht verirrte? Das kleine Mädchen in Stoff eingewickelt – ein Kind, das Leben.

Kirnis blieb das Herz stehen. ›Warum konntest du Dummerchen nicht einfach weitermarschieren, warum bist du so schnell aufgetaucht, hast uns nicht länger nach dir suchen lassen?‹ – ›Was kümmert das dich denn, was sind schon ihre Nöte für dich, du Greis!‹

Die Alte nahm Glesum wortlos an der Hand, jene starrte sie verständnislos an, vielleicht spukte ihr ja nur, doch sie ließ Kirnis das Mädchen tragen. Sie marschierten die ganze Nacht lang weiter, die Alte hatte gesagt, das müssten sie, der Mond schien, so voll er nur konnte, das Mädchen könnte doch sterben, sie gingen immer weiter, und die Alte nahm Glesum immer wieder an der Hand.

32. Wasser

Für die Nacht ordnete Gondas jeweils einen Rasthalt an – lieber nicht durch die Finsternis weiterziehen.

Sie hatten Lager im Abstand von je einer Tagesdistanz eingerichtet, am ganzen Weg durch die germanischen Lande bis zu den Grenzen des Reiches, so war es sicherer: Sie hatten einen Platz zum Schlafen und mussten weniger mitführen. Sie schickten nur jeweils ein paar Männer voraus, die ihre Ankunft ankündigten, und alles war bei ihrer Ankunft bereit, die Feuer zum Wärmen brannten. Sie reisten viel lieber im Winter, die Straßen glichen dann nicht einem Morast, natürlich war es kalt, doch bei der Ankunft rührten die Frauen schon in den Töpfen. Sie ließen eine ganze Gruppe Soldaten dort, als Wachen, anders ging das nicht – wenn sie anhielten, waren sie eine leichte Beute.

Die Männer überprüften Wagen und Ladung – ob sich auch nichts gelöst, gelockert hatte, ob nichts aufgegangen war – und fütterten die Pferde. Sie blieben nicht lange, nicht einmal die ganze Nacht, die Reise dauerte schon ohne böse Überraschungen etwa vierzig Tage, es gab keine Zeit zu verlieren. Wenn ein Wagen kaputtging, ersetzten sie ihn, und wenn Pferde oder Menschen nicht länger durchhielten, ersetzten sie auch diese und sammelten sie auf dem Rückweg wieder auf.

Die Lager waren zu Siedlungen herangewachsen, die Wachen hatten ihre Frauen hergebracht, und auch Kinder liefen schon in Scharen herum, die Leute hatten sich Häuser gebaut, hielten Tiere und bauten Feldfrüchte an, lebten wie zu Hause. Die Bedürfnisse des Menschen werden von Tag zu Tag größer, also kam man auch hier nicht mehr ohne Schmied, Häuserbauer und Markt aus. Warum hätten sie sich hier auch nicht einrichten sollen, die Felder leer, das Wetter gut und die Straße, die ins Imperium führte, vor der Haustür, kaufen oder verkaufen kein Problem, es schauten immer mehr Händler vorbei, nicht nur Gondas mit seinen Männern.

Gondas lachte: »Sind das Käuze!«, nehmen den weiten Weg auf sich, ziehen mit ihrer ganzen Habe hierher, und dann taufen sie die neue Siedlung auf den Namen der alten, und der Fluss oder See in der Nähe, auch die heißen wie die Gewässer in der Heimat. Sie ziehen immer weiter weg von ihrer Heimat, richten sich ein wie dort, ja, noch besser, gelangen zu Wohlstand und bekommen einen Haufen Kinder, bis nicht mehr genug Platz da ist und sie erneut aufbrechen.

Sie leben ihr Leben, schlagen die Germanen in die Flucht und leben friedlich weiter. Kommen Leute aus der Heimat zu Besuch, geht es noch fröhlicher zu und her. Sie setzen sich an die Lagerfeuer und bringen einander auf den neuesten Stand:

»Lebt die Alte mit den Wolfsbissen am Bein noch?«

»Ja, natürlich, wie sollte es auch anders sein?«

»Und Kirnis, der uralte Greis?«

»Auch er lebt, wahrscheinlich auf ewig, lächelt mit seinem zahnlosen Mund und streift von Hof zu Hof.«

»Und was ist mit Selija, der Frau unseres Anführers?«

»Nichts Neues, ihr geht es ausgezeichnet, sie ist fröhlich und glücklich, lebt im Überfluss; und jetzt ist auch Bentis erwachsen, hat die Zeremonie hinter sich, begleitet den Vater, für die Mutter Freude über Freude.«

Alle nickten, ja, wie sollten sie sich auch nicht darüber freuen, dass alles in bester Ordnung war.

Einer machte schon den Mund auf, um von Jagaubis zu erzählen, doch ein Blick von Gondas, und er verstummte.

»Und die Wagen sind gut gefüllt, vielleicht sogar besser als sonst, die Kolonne war noch nie so lang?«

»Pelz geht gut im Winter, auch Wolle, Honig, und wir führen Wachs mit, im Winter dürsten die Städter nach Licht, wenn die Tage lang sind, verkaufen wir viel weniger davon, auch Getreide haben wir dabei, und vom Trockenfleisch bleibt etwas übrig, so viel essen wir unterwegs gar nicht auf; und in den besten Wagen ist natürlich der Bernstein, es ist windig um diese Zeit, da wird viel an Land gespült, nicht ohne Zutun der Göttermutter. Ist das etwa kein Grund zur Freude?«

Und so ging das Nacht für Nacht, ein neues Lager, dieselben Reden ergossen sich wie das Wasser eines Flusses. Gegen Ende der Reise hatten alle die Nase voll davon und waren hundemüde, sogar die stärksten Männer wollten nach dem Essen nur noch ins Bett.

»Bentis, sieh nur!«, sagte Gondas und zeigte zum Himmel, »das ist unser Stern, unsere Göttin, sie ist alles, was du brauchst. Sie leuchtet immer am selben Ort. Wenn du sie gefunden hast, weißt du immer, was sich wo befindet, und du erreichst dein Ziel, ohne dich zu verirren.«

Bentis warf den Kopf in den Nacken und sah zum Himmel wie in jeder Nacht, er überprüfte, ob dieser Stern nicht wie die anderen abgedriftet war.

Gondas, der seinem Sohn alles beigebracht hat, was er wissen musste, legte sich ruhig schlafen, während Bentis noch eine Weile am Feuer blieb.

Ein Morgen wie jeder andere, alle standen auf, rieben sich die Augen, aßen einen Happen, gleich würden sie weiterziehen, doch Gondas zögerte aus irgendeinem Grund, suchte nach etwas, schaute sich nach allen Seiten um, tastete sich ab. Das Säckchen mit dem Geld war verschwunden. Er hatte es am Gürtel festgebunden, doch jetzt war es weg, jemand hatte es ihm im Schlaf abgenommen. ›Eine Unverschämtheit, da hast du den Respekt, da hast du die Wachen und das Vertrauen.‹ Das konnte er nicht auf sich sitzen lassen, der Schuldige musste gefunden werden, und dann Kopf ab – ohne Federlesen, sollte er doch im Jenseits berichten, woher er seinen Mut genommen hatte.

Er fragte freundlich, alle schüttelten die Köpfe, sie hätten geschlafen, sie wüssten von nichts, hätten nichts gehört. Er verhörte alle, tastete sie ab und schaute ihnen dabei in die Augen, vielleicht würde ja einer vor Angst blinzeln, er brauchte den ganzen Tag, bis er die ganze Umgebung abgesucht hatte –

nichts. Gondas griff sich an den Kopf, als er schlafen ging, das Ende der Welt war nah, das musste es sein.

Am nächsten Morgen brachen sie nach Plan auf, gleich nach Sonnenaufgang. Gondas an der Spitze, Bentis voller Stolz hinter ihm, gefolgt von den Wagen.

Im Säckchen war nicht gerade viel Geld gewesen, er würde auch ohne es gut über die Runden kommen, aber ohne Ehre war noch niemand ausgekommen.

33. Nebel

Selija lief einen Tag lang im Dorf herum, dann den zweiten, und sah, das würde nichts. Schluss, aus, niemand brauchte sie mehr, ihre Geschichte, die so schön begonnen hatte, würde ein ebenso schönes Ende finden, sie wollte nicht mehr im Weg stehen. Zu Hause braute sie aus den schlimmsten Pflanzen, die sie dort fand, etwas Scheußliches zusammen, trank es unter Würgen aus, lag da, starrte durch das Loch in der Decke zum Himmel, dort zogen eine nach der anderen die Wolken vorbei, eine glich einem Vogel, eine andere einem Bären, und eine, man staune, Gondas.

Man hatte ihr anderes versprochen – allen werden Versprechungen gemacht, aber nichts löst sich so schnell in Luft auf wie sie, verschwindet wie ein Vogel im Gras, als wäre er niemals dagewesen.

»Wirst du Gondas heiraten, Selija?«, hatte man sie gefragt, obwohl alles schon entschieden war.

Selijas Vater bereiste als gewiefter Händler die ganze Küste, kümmerte sich um die Angelegenheiten vor Ort. Er kaufte hier, was von Wert war, lagerte es ein und verkaufte es den Männern zum Transport ins Reich; und wenn sie von dort zurückkamen, kaufte er, was sie mitbrachten und verkaufte es an der Küste oder in nahegelegenen Gegenden. So ratterte er mit seinem Wagen von den einen zu den anderen und zählte seinen immer größer werdenden Besitz, während seine Töchter glücklich und im Überfluss aufwuchsen.

Selija war nicht die Älteste und auch nicht gerade hübsch, aber als Gondas auf Brautschau zu ihnen kam, diente ihr Vater ihm gerade sie an. Gondas war damals noch kein Stammesführer, sondern nur dessen Sohn, und er reiste auch noch nicht ins Reich; aber er war schon stark und klug – alle hofften, dass er den Platz seines Vaters einnehmen würde, durch den Willen der Göttermutter und mit Unterstützung der Leute; aber die Frau eines Häuptlings zu sein war kein Spaziergang, sie brauchte viel Schläue, sonst würde man sie schon bald beiseite stoßen.

Verstand und Reichtum – davon hatte Selija genug, aber wie vergänglich doch alles war …

»Willst du Gondas heiraten, Selija?«, fragte sie ihr Vater. »Willst du wie im Märchen leben, nur das Beste vom Besten, niemand sonst wird ein Leben haben wie du, in Reichtum, Ehre, gegen die Frau des Anführers wird niemand auch nur einen Finger erheben, alle werden sich vor dir verbeugen, tun, was du möchtest, möchtest du wie im Märchen leben?«

Wie hätte sie dazu nein sagen können? ›Lass uns träumen, Träume werden wahr.‹ Das Leben tat sich vor ihren Augen auf: »Halte sie weit offen, Selija, hör nicht auf zu schauen, was du jetzt siehst, wirst du nie mehr zu Gesicht bekommen.«

Selija schlummerte in ihrem Märchen, erbrach den Kräutertrunk, die Knochen ächzten vor Schmerz, ein Höllengestank, ein gewaltiger Durst, sie hatte vergessen, vor dem Sterben Wasser zu holen.

Am Anfang der Welten war der Herr des Feuers ein großer Bär. Das Feuer spendete dem Bären in kalten Nächten Wärme und erhellte die Dunkelheit. Der Bär nahm das Feuer überallhin mit, wohin immer er ging.

Eines Tages kam der Bär zu einem riesigen Wald voller Eicheln. Er machte am Waldrand Feuer, fachte es an und begann, die Eicheln zu essen. Sie waren so knusprig, der Bär wollte immer mehr davon, und so drang er immer tiefer in den Wald, weiter weg von seinem Feuer.

Das Feuer flackerte noch eine Weile weiter, bis nur noch wenige Kohlestücke glommen. Da erschrak das Feuer und rief nach dem Bären: »Füttere mich, füttere mich!« Doch der Bär war tief im Wald und hörte es nicht.

Da kam ein kleines Mädchen vorbei und hörte die Bitte des Feuers. »Was soll ich dir denn zu essen geben?«, fragte das Mädchen, denn es hatte noch nie im Leben Feuer gesehen. »Stecken, Reisig und alle anderen Arten von Holz«, klärte das Feuer es auf.

Das Mädchen sammelte Brennholz und legte ein Stück ins Feuer, auf der Nordseite. Das Feuer flackerte wieder auf. Dann legte das Mädchen einen Klotz auf der Südseite und weitere auf der Ost- und Westseite hinein. Das gefütterte Feuer erwachte zu neuem Leben, die Flammen tanzten vor den Augen des Mädchens.

Nach längerer Zeit kehrte der Bär auf der Suche nach seinem Feuer aus dem Wald zurück. Doch das Feuer schrie ihm entgegen: »Ich weiß nicht, wer du bist!« Als der Bär dennoch näherkam, schlug das Feuer solche Flammen, dass das Tier nicht mehr weitergehen konnte und in den Wald davonrannte.

Seitdem ist das Mädchen die Herrin des Feuers.

Selija übergab sich ein paar Tage lang, dann stand sie auf. Sie ging zur Alten mit den Wolfsbissen am Bein, die hatte doch alles vorrätig und würde ihr etwas geben. Sie war nicht da, ›wo treibt die sich nur wieder rum, das tut sie doch andauernd, beobachtet alles, mischt sich in fremde Angelegenheiten ein, und wenn man sie braucht, ist sie nicht da, wohin nur haben die Teufel sie getrieben?‹ Selija ging weiter zu Kirnis, bei dem fände sie Trost, aber auch von ihm keine Spur, vielleicht war er ja tot und lag glücklich herum, während es ihr so miserabel ging, so mutterseelenallein?

Sie ging zurück zur Hütte der Alten, rupfte eine Handvoll Kräuter für sich, ohne genauer hinzusehen, vielleicht wäre ja diesmal der Willen der Göttermutter auf ihrer Seite, und sie könnte ihrem Leben endlich ein Ende setzen. Nachdem sie zur Genüge von ihrem neuen Kräutersud geschluckt hatte, lag sie da, schweißgebadet, die Augen wollten zur Stirn hinaufspringen, doch ihr Herz pochte wie zuvor, ›wo ist jetzt mein Kind, was tut es gerade, geht es ihm gut, lebt es, ist sein Vater gut zu ihm, beschützt es denn jemand, wo ist mein Kind, wie geht es ihm so allein, noch so jung, hoffentlich fällt es nicht vom Pferd oder ertrinkt oder gerät in die Hände der Germanen oder erkrankt, werden sie es mir wenigstens tot nach Hause bringen, wo ist mein Kind?‹

Selija lag da, es drückte und stach wie verrückt in Magen und Darm, während die Gräser ihre Arbeit taten, sie presste eine Haarsträhne von Bentis in einer Hand zusammen – sie wusste, sie würde sie brauchen, sie war doch eine Mutter, alle brauchten so eine, also hatte sie die Locke aufbewahrt. Sie spie Schaum, rieb sich die benebelten Augen, ›wo bleibt denn der Tod, er ist wie die Frau mit den Wolfsbissen am Bein, nur in der Nähe, wenn man ihn nicht braucht.‹

34. Milch

Die Alte brachte Glesum aus dem Wald auf direktem Weg in ihre Hütte. Und Kirnis folgte ihr auf dem Fuß, er würde nirgendwo hingehen, legte sich auf den Boden – komme, was wolle. In Ordnung, dachte die Alte bei sich, er würde ihr ein wenig zur Hand gehen, auch wenn er alt und schwach war.

Sie hieß ihn Brennholz holen, machte Feuer, wusch Glesum, setzte sie ans Feuer und nahm das kleine Mädchen in Augenschein. Nichts zu klagen, während sie es durch den Wald geschleppt hatten, war es wieder zu Kräften gekommen, sie schmierte ihm die Brust mit warmem Lehm ein, verband es gut mit Tüchern, gab ihm Milch zu trinken und ließ es schlafen.

Auch die Alte legte sich hin, und Kirnis zwängte sich neben sie, obwohl kaum Platz war. Die Alte rückte ganz an den Rand, erlaubte Kirnis, sich auf der Seite des Feuers neben sie zu legen, sollte er es doch warm bekommen, ein Weilchen glücklich sein. Vor dem Tod ist alles, was man braucht, ein anderer Körper, der die vertrockneten Knochen wärmt.

›Verzeih mir, dass ich es nicht früher gesehen habe und es erst jetzt bemerke, dass ich andere Leben lebte und dieses verpasste. Die Nachtmusik, jetzt nur für uns, fast zu spät. Verzeih mir, dass ich verschwinden werde, dass nur so wenig Zeit bleibt, du bist mein Stern, mein Polarstern, den ich erst jetzt entdeckt habe, nach so langem Weg. Weit weg und doch so nah. Nicht meine Schuld und auch nicht deine, so ist das Leben, hörst du? Wart nicht auf Worte, du wirst nicht eines von mir hören, das Schweigen wird für beide reichen, entschuldige, mir bleibt nichts mehr, hab' alles weggegeben, wir hätten neu anfangen können, das hätten wir, doch jetzt nicht mehr, verzeih mir. Berühre mich noch einmal, deine Zärtlichkeit bleibt für immer in meinen Falten, ich nehme dich in meinem Herzen mit, wenn ich gehe, verzeih mir.‹

35. Met

Das Schwierigste war stets das Überqueren der Reichsgrenze, wir wussten nie, wie es uns diesmal ergehen würde. Schon am Tag zuvor trafen wir auf die ersten Kastelle mit Legionären, je näher die Grenze, desto mehr wurden es, doch da sie sahen, dass wir Waren transportierten, griffen auch sie nicht an, sondern ließen uns ruhig weiterziehen.

Ein echtes Ärgernis war dagegen der Zoll. Natürlich hatten wir dort Freunde, die halfen uns, wir kamen ja öfter vorbei, sie kannten uns, andernfalls würden wir hier einen ganzen Tag aufgehalten. Auf alles, was man zum Verkauf transportierte, musste man Zoll zahlen, zwei Prozent des Warenwerts, auf den Bernstein ganze fünfundzwanzig – ein Luxusgut, so sahen die das, und das schlug zu Buche. Sie inspizierten alle Wagen, einen nach dem anderen, dann nannten sie einen Preis – über den Daumen gepeilt.

Den Großteil des Bernsteins versteckten wir unter den Pelzen, als führten wir nur allerlei Ramsch mit, weniger einträglichen. Unsere Freunde schauten sich alles an, nickten, schrieben etwas auf ihre wachsbeschichteten Holztafeln, warteten auf Geschenke, Geld oder auch Bernstein; würden wir ihnen nichts geben, müssten wir mit einer eingehenden Überprüfung rechnen – sie waren keine Holzköpfe, die uns abnahmen, dass wir mit so einfachen Waren so lange durch die Gegend gerattert waren und nichts Lohnendes dabei hatten. Aus diesem Grund nahm Gondas jeweils ein Säckchen voll Geld mit, wer weiß, wie es diesmal endete, ob eine Bezahlung mit Bernstein ausreichte, selbst mit den größten Stücken.

Die Kolonne hielt an, der Zöllner ging im Kreis herum, an seinem Finger glänzte ein goldener Ring mit einem kleinen roten Stein. Gondas war besorgt, er ging zu ihm und verhandelte – Freundschaft hin oder her, etwas mussten sie hergeben. Der Zöllner runzelte die Stirn, er hatte schon so viele Märchen gehört, verloren, gestohlen: »Gib her und fertig!« Bentis stand hinter seinem Vater, unterstützte ihn, was denn anderes, und sagte: »Ich werde bezahlen.«

Er sagte es laut und deutlich, damit auch die Männer es hörten, die bei den hinteren Wagen standen. Und dann zog er ein Säckel hervor und übergab ihn dem Zöllner. Gondas' Säckel.

Die Männer freuten sich, Bentis hatte als echter Mann, als Sohn des Anführers, alles so schön geregelt, obwohl er noch so jung war. Vielleicht wunderten sie sich etwas, woher dieser Knirps so viel Geld hatte, aber was wussten sie schon: Er war der Sohn des Anführers, das war etwas anderes, er hatte bezahlt und gut, weiter ging's, das war erst die Grenze, vor ihnen lagen noch wer weiß wie viele Tagesreisen.

›Dieses Aas‹, dachte Gondas bei sich, ›dieser verfluchte Schweinehund, ich würde ihn mit meinen eigenen Händen erwürgen, natürlich hat ihm das seine Mutter beigebracht‹, hat sich im Dunkeln angeschlichen, ihn abgetastet – merkwürdig, dass er ihn am Leben gelassen hatte, sein Sohn, diese Ausgeburt, mieser noch als der hundsmiserabelste Germane.

Unser Bernstein ging weg wie warme Semmeln; für Schmuck, gegen Hals- und Kopfschmerzen oder Schlaflosigkeit. Die Käufer waren nicht auf den Kopf gefallen, ließen sich nichts unterjubeln, sie rieben den Stein und überprüften, ob das Haar auch in seiner Richtung zu Berge stand, freuten sich und nahmen ihn für einen guten Preis.

Diesmal hatten sie sogar einen mit einer Eidechse in seinem Inneren dabei, allein dafür würde Gondas den Gegenwert von drei gestohlenen Geldsäckchen erhalten, doch es wollte sich keine Freude einstellen, er rieb sich immer wieder die Stirn: ›Ich werde dieses Scheusal erwürgen, ich werde ihn mit meinen eigenen Händen erwürgen, bevor es zu spät ist.‹

Die Männer ruhten sich am Lagerfeuer aus, stießen mit Met auf ihren Erfolg an.

»Komm zu mir, mein Sohn, komm näher, mein Lieber, ich will dir eine Geschichte erzählen«, sagte Gondas, und Bentis rückte näher.

»Es war einmal ein einsamer Mann, der wohnte in einer

Hütte weit weg von anderen. Eines Tages aß er den letzten Bissen auf und hatte weiter nichts zu essen. Er beschloss, zu den Leuten zu gehen, vielleicht würden sie ihm ja etwas geben. Er klopfte an die Tür des ersten Hauses am Dorfrand – der Besitzer bat ihn freundlich herein. Dort sah er viel Trockenfleisch und eine Menge Zungen hängen. Wann immer der Hausherr einen Hirsch erlegte, schnitt er ihm die Zunge heraus und brachte sie nach Hause. Der Mann hätte gern eine Zunge, doch der Besitzer bot ihm nur vom einfachsten Fleisch an. Der Mann aß einen Bissen und machte sich auf den Heimweg. Unterwegs begegnete er einem Wolf und erzählte ihm seine traurige Geschichte: ›Ich will diese Zungen‹, sagte er, und auch der Wolf wollte sie, da schlug der Mann vor: ›Dann lass uns beide hingehen und darum bitten.‹ Der Wolf wusste, dass ihn niemand ins Haus lassen würde, und brachte seinen Einwand vor. Der Mann überlegte, was zu tun war, dachte länger nach, und sprach: ›Ich werde mich als Frau verkleiden und dich wie ein Baby wickeln. Wir gehen zu diesem Haus, du weinst, und ich sage, dass du eine Zunge möchtest, der Hausherr gibt sie dir, und wir essen sie zusammen auf‹. Der Wolf wollte die Zunge unbedingt, also willigte er ein, der Mann wickelte ihn in Leinen, zog sich um und ging mit dem Baby zu Besuch. Wie beim ersten Mal bat der Besitzer die Gäste herein, gab ihnen Fleisch, doch das Kleine weinte. ›Warum weint es denn?‹, fragte der Hausherr. ›Es möchte eine Zunge‹, erwiderte der als Frau verkleidete Mann. Der Besitzer zog ein Messer hervor, schnitt eine Zunge ab, warf sie in den Topf und kochte eine Suppe. Der Mann aß die Zunge, leckte sich die Finger. ›Gib auch mir davon‹, flüsterte der Wolf. Der Mann tat so, als hätte er nichts gehört. ›Gib auch mir davon‹, forderte der Wolf ihn erneut auf, ›sonst sage ich dem Gastgeber, wer du wirklich bist.‹ Der Mann tauchte nur die Finger in die Suppe und ließ sie den Wolf ablecken, während er die Zunge selbst aufaß. Nach dem Essen bedankte er sich mehrmals und ging nach draußen, mit dem Baby unter dem Arm. Er ging zum Flussufer und sagte zum Wolf: ›Während ich aß, hast du mich immer wieder gebeten, auch dir davon zu geben und gesagt, du würdest dem Gastgeber sagen, wer ich bin! Du hast mich zu oft gestört.‹ Und er warf den fest in Leinen gewickelten Wolf ins Wasser, den die Strömung sofort erfasste und forttrug.«

Die Männer schwiegen, Bentis schwieg, eine schöne Geschichte, nichts zu mäkeln.

Gondas hatte seinem Sohn alles gesagt, was er ihm hatte sagen wollen und ging ruhig schlafen, während Bentis am Lagerfeuer blieb.

Am nächsten Morgen standen alle zur weiteren Heimreise auf, setzten sich auf ihre Pferde, Gondas als Erster, aber Bentis war nicht da. Alle suchten nach ihm, riefen nach ihm, suchten noch weiter.

»Dann ist er halt nicht da«, sagte Gondas, »dann machen wir uns ohne ihn auf den Weg.«

Und sie zogen weiter, Gondas zuvorderst, Bentis fehlte, dahinter die Wagen.

VI.
ZETA
oder
ALIFA AL FARKADAIN
IM KLEINEN BÄREN

Ursprünglich hieß ein anderer Stern im Kleinen Bären, nämlich Gamma (Pherkad), Alifa Al Farkadain, später ging der Name auf Zeta über. Er bedeutet »das dunklere der beiden Kälber«, was nicht den Tatsachen entspricht, denn Zeta ist heller als Eta (der von Beta oder Kochab den Namen Anwar Al Farkadain »das hellere der beiden Kälber« übernahm).

Zeta ist ein weißer Zwerg und 380 Lichtjahre von der Erde und 12 Grad vom Himmelsnordpol entfernt. Der Stern mit der 3,4-fachen Masse der Sonne ist 6,2-mal größer und 200-mal heller als jene. Seine Leuchtkraft ist erheblich größer als sie bei einem Stern seines Typs »sein sollte«. Das deutet darauf hin, dass die Wasserstofffusion in diesem Stern zu einem Ende gekommen ist und er sich allmählich in einen Riesenstern aus Helium verwandelt. Zeta dreht sich sehr schnell, nämlich mit einer Geschwindigkeit von 206 Kilometern pro Sekunde, um seine eigene Achse.

36. Wasser

›So oft du auch sterben willst, es geht nicht, da hast du dein Leben, da hast du den Willen der Göttermutter, die anderen Welten nehmen dich nicht, du kannst tun, was du willst.‹

Frühling, der Schnee war geschmolzen, Kirnis beschwerte sich über die Pfützen, gab besonders acht auf Schuhe und Gelenke. Gondas befand sich wer weiß wo, Selija ging nach draußen, schaute in die Sonne, grüßte sie, jene tat es ihr gleich; sie fühlte sich besser, ihr Inneres war gereinigt, sie würde wieder Gattin sein können, die Frau des Anführers, das Silber klirrte und klimperte.

Das wichtigste Ereignis im Frühling war der erste Markt, sobald die Wege befahrbar waren, alle sehnten sich nacheinander und nach den Sachen, die sie haufenweise kaufen würden, ob sie sie brauchten oder nicht. Sie kamen von weit her, die einen als ernsthafte Händler, die anderen, um sich ein wenig umzusehen, die einen mussten haben, den anderen reichte der Wunsch. Die Sprache der Gäste unterschied sich ein wenig von der ihren, aber das verursachte keine Probleme, sie verstanden einander, die Unterschiede waren nicht sehr groß.

Auch die Stammesführer und ihre Frauen kamen her, alle wunderten sich, wer von ihnen den erlesensten Schmuck, wer hübschere Kleider trug, der Winter war lang gewesen, Zeit genug, um über das Färben der Stoffe nachzudenken, zu schneidern, und vor der Reise zu überprüfen, ob etwas fehlte.

So viele Wagen, sie mussten sie weit weg auf den Feldern stehen lassen, die Ladentische ganz lang, voll beladen mit der allerneuesten Mode.

Sie hatte keine Zeit, herumzuschlendern oder sich den neuesten Klatsch anzuhören, ihr Mann war nicht hier, sie musste die besten Waren ausfindig machen und kaufen, nicht nur für zu Hause, sondern auch für Gondas, zum Verkauf in der Ferne, solche, die man möglichst lang lagern konnte. Sie nahm alles mit Wert, das sie fand, Gondas hatte sich noch nie darüber beschwert, dass etwas schlecht oder unnötig sei. Wenn Gondas nicht da war, vertrat Selija ihn als Anführerin, sie stapfte durch den Morast zwischen den Ständen, der Platz war mit Steinen gepflastert und wurde doch matschig, wie sollte er auch anders bei diesem Getrampel, sie zog das Geld aus dem Säckel, bezahlte und sagte den Männern, wo sie die Ware hinbringen sollen.

Ihr Gang war energisch, ihr Kopf hocherhoben, obwohl ihr speiübel war, schwarz vor den Augen – sie wusste nicht, ob sie erbrechen oder sich auf den Boden legen sollte; ein sanfter Windhauch streichelte ihre Wangen.

»Wie geht's, Selija?«, fragten die Gäste. Je weiter sie gefahren waren, desto aufdringlicher fragten sie.

»Ausgezeichnet«, erwiderte Selija.

»Die Frau des Anführers, woran könnte es ihr denn mangeln, was sollte bei ihr nicht in Ordnung sein«, sagten die Gäste.

Selija nickte. Es gehörte zu den Privilegien der Frau eines Stammesführers, zu schweigen, was auch immer passierte.

»Und wie geht es Bentis?«, fragten die Gäste.

»Er ist jetzt erwachsen und begleitet seinen Vater«, antwortete Selija.

»Wie glücklich du doch bist«, freuten sich die Gäste.

Auch Selija freute sich, sogar eine Träne kullerte, die Freude sprengte ihre Brust.

Erst jetzt sah sie Glesum mit dem Mädchen, es tippelte schon herum: ›So klein, so zart, so weiß und Bentis so ähnlich‹, dachte Selija bei sich, ›was für ein Unsinn, für mich sähe auch ein Stock Bentis ähnlich‹.

Glesum ging mit dem Mädchen spazieren, zum ersten Mal unter Menschen, die Alte hatte es ihr befohlen, sie ließ sich nicht umstimmen: »Hast du den Verstand verloren, das Kind wie einen Gefangenen im Dunkeln einzusperren, ohne Sonnenlicht, wie lange willst du es denn noch verstecken, die Kleine geht sicher schon bald selbst durch die Tür, was sagst du dann? Geh und führ sie herum, wer soll dir denn etwas antun, sie werden dich schon nicht auffressen, alle sind so mit dem Markt beschäftigt, dass sie für euch keine Augen haben.« Und dann hatte sie noch von ihr verlangt, ihr dabei zu helfen, die Kräuter und Salben zu ihrem Verkaufsstand zu bringen, sie schön auszulegen: »Nur nichts durcheinanderbringen, fein säuberlich auf getrennte Häufchen verteilen.«

Wieso sollte Glesum etwas durcheinanderbringen, hätte sie das bei ihrem Vater getan, wäre sie längst nicht mehr am Leben. Sie trug mit einer Hand, legte mit einer Hand aus, in der anderen hielt sie das kleine Mädchen.

»Sie braucht einen Namen«, sagte die Alte.

›Sie hat einen Namen‹, dachte Glesum bei sich.

»Was ist denn ein Kind ohne Namen?«, giftete die Alte. Erst dann kam ihr in den Sinn zu fragen: »Hat dein Kind einen Namen?«

Glesum nickte.

›Dann ist ja gut‹, dachte die Alte, ›wenn es größer ist und das möchte, wird es selbst nachfragen.‹

37. Nebel

Glesum legte die Kräuter aus, das kleine Mädchen kauerte still neben ihr und legte Kieselsteine auf verschiedene Häufchen, warf mit den größeren nach Passanten.

Sie sahen beide, dass ein Mann auf sie zukam, alt, grauhaarig, aber groß, mit freundlichem Gesicht. Die Alte freute sich sehr, wie unerwartet, ihr alter Freund, den sie verloren glaubte. Die Alte sah sich um, wo war nur Glesum, auch sie wollte sie dem Freund zeigen, doch die war wie vom Erdboden verschluckt. Die Alte bückte sich, der Rücken tat ihr weh, und wirklich, da war sie, unter dem Ladentisch und auch noch mit Kräutern bedeckt. Merkwürdig, diese Glesum, fürchtete sich vor jedem, aber das war vielleicht gut so, so waren die Zeiten, man versteckte sich besser.

Der Mann kam herbei, die beiden unterhielten sich wie Freunde, schwelgten in alten Erinnerungen, tauschten Rezepte aus, sahen sich die Kräuter und Salben an. Der Mann fragte immer wieder: »Was ist das?«

Die Alte erklärte es ihm geduldig, sie wusste, er würde es verstehen, sie würde sich ihre Zunge nicht fusselig reden.

Glesum duckte sich still unter dem Ladentisch zusammen, sie hatte sich so sehr nach ihrem Vater gesehnt, so sehr nach ihm gesucht, doch jetzt zitterte sie vor Angst. Sie würde diesen Platz um nichts in der Welt verlassen, sollen sie doch versuchen, sie hervorzuzerren. Die Kleine aber krabbelte schon zur Mitte des Platzes, niemand passte auf sie auf. Glesum sah sie, ihr Herz schien stillzustehen, nein, wegen des Mädchens würde sie nicht hervorkriechen.

Die Alte mit den Wolfsbissen am Bein humpelte so schnell sie konnte über den Platz, ›Wo ist das Dummerchen nur, wohin führt es das Schicksal?‹ Sie packte das kleine Mädchen, versuchte es hochzuheben, schaffte das aber nicht, sollte sie sich in ihrem Alter denn wirklich noch mit Kindern herumschlagen? Da trat der Mann hinzu, musterte das kleine Mädchen, hübsch, aber etwas stimmte nicht mit ihm.

»Ist sie krank?«, fragte er.

»Nein, nur bleich«, sagte die Alte.

Die Kleine sah aus wie ein gerupftes Huhn, hier ein Haar, da ein Haar, sie lächelte dem Mann zu.

»Krank«, sagte der Mann und warf einen genaueren Blick auf sie. »Man sieht es noch nicht so gut, aber sie ist krank. Lass sie mich mal aus der Nähe ansehen.«

Er nahm das Mädchen an der Hand und wollte es wegführen, doch es wehrte sich mit Händen und Füßen, gab sich nicht geschlagen. Glesum beobachtete interessiert, was nun geschah. Der Mann legte das Mädchen auf den Ladentisch der Alten, zog ihr die Kleider aus, es schrie aus voller Kehle. Der Mann drückte es erst an einer Stelle, dann an einer anderen, alles schien in Ordnung zu sein, dann sah er sich Augen, Hals, Arme und Beine genauer an und wurde dabei immer trauriger.

»Sehr krank«, stellte er fest.

»Das sieht man nicht«, wandte die Alte ein.

Glesum saß starr vor Schreck unter dem Tisch.

»So ist diese Krankheit, man sieht nichts«, erwiderte der Mann. »Die Kleine wird sterben, und wenn sie nicht stirbt, so ist das allein der Wille der Göttermutter.«

Glesum hätte ihn gern mit aller Kraft in den Hintern getreten – er war hergekommen und erzählte weiß der Henker was, bevor er hier auftauchte, hatten sie hier in Ruhe und Frieden gelebt.

›Dann heile sie‹, dachte Glesum bei sich.

»Ich kann nicht«, sagte der Mann.

»Was kannst du nicht?«, fragte die Alte.

»Ich kann sie nicht heilen«, erwiderte der Mann.

›Wie, du kannst sie nicht heilen?‹, dachte Glesum bei sich. ›Alle anderen heilst du, nur mein Kind nicht?‹

»Sie ist zu krank«, sagte der Mann.

›Dann heile sie‹, dachte Glesum.

»Ich will es versuchen«, sagte der Mann.

»Was willst du versuchen?«, fragte die Alte.

»Ich will versuchen, sie zu heilen«, erwiderte der Mann.

›Jetzt wird er ihr gleich ein Loch in den Kopf machen‹, dachte Glesum.

»Ihre Krankheit sitzt nicht im Kopf«, sagte der Mann.

»Ein gutes Zeichen«, freute sich die Alte.

»Gib ihr vom Sud des Gefleckten Schierlings, ganz wenig

aufs Mal, aber jeden Tag und für länger, bis zum nächsten Frühling«, sagte der Mann.

›Habe ich denn überhaupt noch welchen‹, fragte sich die Alte in Gedanken, in diesem Jahr hatten alle Bedarf danach, und so gingen die Vorräte so schnell wie nie zuvor zur Neige. Aber wie viel braucht man schon für einen so kleinen Spatzen.

›Mehr nicht?‹, dachte Glesum bei sich.

»Doch«, sagte der Mann.

»Was heißt hier ›doch‹?«, fragte die Alte.

»Das ist nicht alles«, erwiderte der Mann. »Sammle Pollen, mische sie mit Honig, lass das Ganze stehen, bis die Pollen breiig geworden sind, und lass sie so viel sie will davon essen, jeden Tag, für länger, bis zum nächsten Frühling«, sagte der Mann.

›Und das wäre es dann?‹, dachte Glesum.

»Nein«, sagte der Mann.

»Das ist noch nicht alles?, fragte die Alte.

»Gib ihr Blaubeeren, sobald die ersten reif sind, oder falls ihr getrocknete vorrätig habt.«

Jetzt bekam es auch die Alte mit der Angst zu tun, denn sie wusste, was das Mädchen hatte.

»Sie wird sterben«, sagte die Alte.

›Sterben?‹, dachte Glesum.

»Die Kleine wird sterben, und wenn sie nicht stirbt, so ist das allein der Wille der Göttermutter.«

38. Milch

Gondas kehrte samt Männern und Wagen nach Hause zurück, Selija lief ihm entgegen, um ihn zu begrüßen. Gondas hielt ihr die Geschenke hin, Selija bedankte sich, was hätte sie anders tun sollen? Gondas schwieg, also erkundigte sich Selija: »Wie war die Reise?«

»Gut«, erwiderte Gondas.

»Alles in Ordnung?«, fragt Selija.

»Ja, alles gut«, erwiderte Gondas.

Gut heißt gut, nichts herumzudeuteln.

»Alles verkauft?«, fragte Selija.

»Ja, haben wir«, sagte Gondas.

»Gut verkauft?«, fragte Selija.

»Ja, gut«, erwiderte Gondas.

Selija sah sich um, die Männer brachten die Wagen in Ordnung, spannten die Pferde aus.

»Wo ist Bentis?«, fragte Selija, wie sehr sie ihn auch mit den Augen suchte, sie konnte ihn nicht finden.

»Ich weiß es nicht«, erwiderte Gondas.

»Du weißt es nicht?«, fragte Selija.

»Ich weiß es nicht«, sagte Gondas.

»Wo ist Bentis?«, fragte Selija erneut.

»In Carnuntum verschwunden«, erwiderte Gondas.

»Wo genau?«, hakte Selija nach.

»Im Lager«, sagte Gondas.

»Habt ihr nach ihm gesucht?«, fragte Selija.

»Haben wir«, erwiderte Gondas.

»Und ihn nicht gefunden?«, fragte Selija.

»Haben wir nicht«, sagte Gondas

»Wo ist Bentis?«, fragte Selija noch einmal.

»Ich weiß es nicht«, erwiderte Gondas.

»Wie konntest du nur ohne das Kind nach Hause kommen?«, fragte Selija.

»Er verschwand, wir suchten nach ihm, wir fanden ihn nicht, wir mussten uns auf den Weg machen und brachen auf«, sagte Gondas.

»Warum bist du nicht dort geblieben und hast auf ihn gewartet?«, fragte Selija.

»Ich bin der Anführer, ich musste die Männer nach Hause führen«, erwiderte Gondas.

»Selbst die Pferde finden alleine nach Hause«, entgegnete Selija.

»Er ist weg, Selija«, sagte Gondas und ging.

39. Met

Gondas ging zu den Handwerkern. Er hatte vor der Reise ein Geschenk für Glesum bestellt, das war sicher schon fertig. Er ging hinein, bezahlte, nahm es mit und kam wieder heraus. Unterwegs schaute er sich gut um, Selija könnte ja aus einem Hinterhalt kommen und ihn erdolchen. Er musste Glesum das Geschenk überbringen, und dann komme, was wolle.

Glesum war schon in ihre Hütte gezogen, obwohl die Alte sie nicht hatte gehen lassen wollen, doch sie ließ sich nicht umstimmen, sie ging und fertig. Sie hatte der Alten hochheilig versprochen, dem Mädchen auch alle Medikamente zu verabreichen, genau so, wie es ihr Vater angeordnet hatte, ihre Sachen gepackt und war dann nach Hause gegangen.

Sie hielt Ordnung, wusste, dass Gondas heimgekehrt war, sie wusch die Kleine und machte sich dennoch wie sie schmutzig.

Gondas stieß die Tür auf und blieb wie angewurzelt stehen. Glesum war so schön, er hatte in seinem ganzen Leben noch nie eine schönere Frau gesehen, so viel Leben funkelte in ihren Augen. Gondas fiel auf die Knie und streckte ihr das Geschenk hin, Glesum nahm es, doch sie wusste nicht, was das sein sollte. Gondas lächelte, stand auf und sagte: »Eine Mütze.«

Auch Glesum lächelte, drehte und wendete die Mütze, musterte sie, innen aus samtweicher Wolle, außen rundum mit kleinen Messingquadraten bestickt, auf jedem davon ein Kügelchen. Da und dort auch größere Quadrate, mit eingeritzten Ornamenten, die Ränder schmückten Anhänger, auf einer Seite eine eingerollte Schlange, die Wölbung des Rückens, und am anderen Ende der Ringelschwanz.

›Auf der ganzen Welt gibt es nichts Schöneres‹, dachte Glesum und setzte sich die Mütze auf.

›Auf der ganzen Welt gibt es nichts Schöneres‹, dachte Gondas.

Die Kleine schaute die beiden an: ›Auf der ganzen Welt gibt es nichts Schöneres‹, dachte sie.

»Sie gehört dir, wenn das Mädchen groß ist, dann gib sie ihr«, bat Gondas Glesum.

Die Alte mit den Wolfsbissen am Bein lag in ihrer Hütte, verscheuchte die Mücken, kratzte sich an den Seiten mit den Stichen – die Tür stand halb offen, die Hitze drang von draußen herein, Krähen krächzten, hinderten sie am Einschlafen.

Am Anfang der Welten war der Herr des Feuers ein großes Wildschwein. Das Feuer spendete dem Wildschwein in kalten Nächten Wärme und erhellte die Dunkelheit. Das Wildschwein nahm das Feuer überallhin mit, wohin immer er ging.

Eines Tages kam das Wildschwein zu einem riesigen Wald voller Eicheln. Es machte am Waldrand Feuer, fachte es an und begann damit, die Eicheln zu fressen. Sie waren so knusprig, das Wildschwein wollte immer mehr davon, und so drang es immer tiefer in den Wald, weiter weg von seinem Feuer.

Das Feuer flackerte noch eine Weile weiter, bis nur noch wenige Kohlestücke glimmten. Da erschrak das Feuer und rief nach dem Wildschwein: »Füttere mich, füttere mich!« Doch das Wildschwein war tief im Wald und hörte es nicht.

Da kam ein kleines Mädchen vorbei und hörte die Bitte des Feuers. »Was soll ich dir denn zu essen geben?«, fragte das Mädchen, denn es hatte noch nie im Leben Feuer gesehen. »Stecken, Reisig und alle anderen Arten von Holz«, klärte das Feuer es auf.

Das Mädchen sammelte Brennholz und legte ein Stück ins Feuer, auf der Nordseite. Das Feuer begann wieder zu flackern. Dann legte das Mädchen einen Klotz auf der Südseite und weitere auf der Ost- und Westseite hinein. Das gefütterte Feuer erwachte zu neuem Leben, die Flammen tanzten vor den Augen des Mädchens.

Nach längerer Zeit kehrte das Wildschwein auf der Suche nach seinem Feuer aus dem Wald zurück. Doch das Feuer schrie ihm entgegen: »Ich weiß nicht, wer du bist!« Als das Wildschwein dennoch näherkam, schlug das Feuer solche Flammen, dass das Tier nicht mehr weitergehen konnte und in den Wald davonrannte.

Seitdem war das Mädchen die Herrin des Feuers.

›Zeit für den Umzug ins neue Haus‹, dachte die Alte, ›was sollen wir alle noch länger hier zusammengepfercht in dieser verrotteten Bude leben.‹

Sogar Kirnis, der uralte Greis, sogar er wusste, auf die Alte würde Glesum folgen und auf Glesum das Mädchen. Kirnis hatte den Traum der Alten gesehen, das war so einfach, wenn man neben ihr lag. Er hatte ihn gesehen, aber nichts gesagt, was sollte er auch sagen, es würde ja kommen, wie es kommen musste.

40. Blut

»Gondas?«, sagte Selija.

»Selija?«, sagte Gondas.

»Du bist schon seit drei Monaten wieder hier, und Bentis ist immer noch weg«, sagte Selija.

»Er ist verschwunden«, sagte Gondas.

»Die Sommersonnenwende steht vor der Tür, wir werden Opfer darbringen, wir müssen Menschen opfern«, sagte Selija.

»So etwas, Selija, tut man nicht ohne Grund. Dem einen oder anderen Kriegsgefangenen schneiden wir gleich nach der Schlacht die Kehle durch, in seinem eigenen Land, es ist unser Brauch, den Göttern für unseren Sieg zu danken. Oder auch hier bei uns, vor einem wichtigen Krieg, um die Götter zu besänftigen und ihnen zu gefallen, aber nicht so, ohne Grund«, sagte Gondas.

»Dein Kind ist verschwunden«, sagte Selija.

»Ja, verschwunden«, pflichtete Gondas ihr bei.

»Wir müssen die Göttermutter mit Opfern erfreuen«, sagte Selija.

»Wir werden viele Opfer darbringen«, pflichtete Gondas ihr bei.

»Wenn es um einen Menschen geht, lässt sich die Göttermutter nur umstimmen, wenn man ein anderes Leben opfert.«

Gondas schwieg.

»Glesum. Am besten, wir opfern Glesum«, sagte Selija.

»Oder vielleicht dich?«, meinte Gondas.

Die Leute des Dorfes versammelten sich beim Idol der Göttermutter, der Heilige Hain rauschte wie immer. Die Alte stützte sich auf ihr starkes Bein und entzündete trockene Kräuter, sodass sie duftenden Rauch verströmten, alle warteten darauf, dass die Flammen munter emporschossen, dann warfen sie das Getreide hinein, schlachteten Schafe, Ziegen, Rinder und Pferde, ein Schnitt und das aus dem Hals strömende Blut zeigte, ob ein gutes Jahr bevorstand, ob die Göttermutter sie erhörte. Die Alte sang, nahm hin und wieder einen Tonkrug zur Hand, schüttete vom heiligen Trunk ins Feuer, trank selbst davon, gab Gondas davon – und Selija, sie brauchte es am meisten.

Die größte Hoffnung, ein armer Burgunde, wartete schon an einen Baum gefesselt. Er schrie und störte, aber das taten sie immer, sie konnten nicht einfach ruhig warten, bis sie an der Reihe waren. Ein noch junger Mann, aus alten Zeiten übriggeblieben, Gondas hatte ihn zusammen mit Glesum mitgebracht. Auf dem Rückweg vom Imperium pflegten sie keine Gefangenen zu machen – nichts als Probleme, man konnte sie weder als Sklaven verkaufen, noch brauchte sie hier jemand, also töteten sie sie. Diesen aber hatten sie mitgenommen, wer weiß warum, er war so ruhig gewesen und in einem der Wagen geblieben, Gondas ging es nicht gut, also schaute er nicht zum Rechten. Sie brachten ihn gefesselt nach Hause mit, später ließen sie ihn frei und vergaßen ihn, er wohnte im Armenviertel, bearbeitete den Boden und hatte sogar schon eine liebe Frau gefunden. Gut, dass sie ihn am Leben gelassen hatten, jetzt konnten sie ihn gut gebrauchen.

Was sollten sie denn tun, kein Krieg, keine Reisen, woher ein Opfer nehmen? »Wenn wir viele Gefangene gemacht hatten, wählten wir das Opfer per Los aus, aber jetzt gab es keinen Grund, sich damit aufzuhalten.« Gondas hatte nur Selija gefragt, ob er sich eigne. »Passt schon«, hatte Selija erwidert, sie hatte ja nicht die Wahl, »da hast du dein Auslosen.«

Er war natürlich überrascht, als man ihn einfing und hierherschleppte, er fragte sich wohl: »Warum bin ich nicht geflohen?« – ›Mit dieser Frage bist du nicht allein‹, dachte Gondas, ›da bist du nicht allein, die Welt ist voll von solchen wie dir, die nicht rechtzeitig geflohen sind.‹

Die Alte hatte Glesum und die Kleine noch am Vorabend in ihre neue Hütte geholt, am Opfertag übte man sich besser in Vorsicht. Im Morgengrauen schickte sie Glesum in den Wald und mahnte sie, möglichst weit weg von den Augen der anderen zu verschwinden und erst zurückzukommen, wenn sich der letzte Rauch der Opferfeuer verzogen hatte. Die Kleine legte sie in den noch warmen Brotofen, soll sie doch den Tag über gut ausschlafen, verbarrikadierte ihn gut mit Brettern, damit sie nicht hervorkrabbelte – so war sie gut versteckt, würde sich erholen und wieder gesund – »und wir können sie dann ausgebrütet, wie neu geboren wieder herausnehmen.«

Gondas, der oberste Stammesführer, Krieger und Priester, nahm seinen Speer und stach als Erster zu, die anderen Krieger taten es ihm gleich, des Burgunden Augen quollen hervor. Sie alle kreischten vor Glück, tanzten um das aufgespießte Opfer, um das Idol der Göttermutter herum.

»Göttermutter, du hast gesiegt, wir haben getan, was du willst, jeder Stein, selbst das kleinste Blättchen ist voller Blut, und alle schreien, singen, gereinigt, wie neugeboren. Unsere heilige Mutter, bist du jetzt glücklich? Wir, deine Kinder, bitten dich, unsere Kinder zu schützen, das ist doch so einfach.«

41. Regen

Selija blieb allein über Nacht bei den Opfern, die anderen waren auseinandergegangen, nachdem sie nach Lust und Laune gekreischt und getanzt hatten. In der Glut qualmte noch das Fleisch der geopferten Tiere, der Duft des von der Alten entzündeten Bernsteins setzte sich gerade so gegen ihren Gestank durch. Sein süßer Geruch drang tief in Selija ein, sie wusste, dass sie nicht hier sein durfte, dass die Götter nach den Opfern sehen könnten, man musste sie in Ruhe lassen, und auch der Weihrauch war viel zu gefährlich, ›er kann uns so berauschen, dass sich der Geist vom Körper trennt, und dann sehen wir, was wir nicht sehen sollen.‹

Zuerst saß sie nur da und horchte, wartete, es war Mittsommer. Im Morgengrauen zog sie die Speere heraus, warf sie ins Feuer, fachte es durch Blasen wieder an, band den Burgunden los, sie war danach ganz blutig – jener plumpste auf den Boden, bleischwer, sie drehte ihn auf den Rücken, wischte ihm die Haare aus dem Gesicht, versuchte ihm die

Augen zu schließen, keine Chance, er war schon starr: »Gut, schau ruhig zu, wenn du willst, du wirst nichts Weltbewegendes sehen«, sie riss ihm die Kleider vom Leib, holte einen Bottich voll Wasser, wusch ihn, säuberte ihn vom Dreck, vom geronnenen Blut, lange und ruhig, Gesicht, Hals, die Wunden bluteten nicht mehr, Arme, Beine, Körper, langsam und ruhig, seine Männlichkeit, »wer bist du, woher kommst du, wer ist deine Mutter, wer sind deine Kinder«, sie kämmte seine Haare, band sie mit einer Schnur zusammen, rieb ihn mit duftendem Fett ein, streichelte sein Gesicht, küsste die Stirn, küsste die Lippen, wickelte ihn in ein Laken, wimmernd, so schwer, so jung, sie legte sich neben ihn, umarmte ihn, schlief zum ersten Mal seit vielen Tagen ruhig ein.

Am nächsten Morgen, es war doch nicht Selija, die man aufgespießt hatte, aber ihr ganzes Blut war ausgeflossen, sie huschte käseweiß durch die Gegend, wusste nicht, wohin mit sich; eigentlich sollte ihr jetzt ruhiger zumute sein, aber das war es nicht. Der Burgunde wurde begraben, man legte ihn in eine mit Regenwasser gefüllte Grube am Friedhofsrand, warf ihn hinein wie einen Hund, ohne Zeremonie, ohne Gesänge, ohne Grabbeigaben. Selija hatte Mitleid mit ihm, ein Feind, ja, aber wer war denn hier keiner? Hier wurde doch deswegen nicht jeder durchlöchert.

Als Gott einmal auf dem Weg zu einer seiner Pflichten am Wasser entlangging, spuckte er zu Boden und ging weiter. Auf dem Rückweg erblickte er eine Kreatur, er wusste gar nicht, was das sein sollte, und erinnerte sich nicht, so etwas geschaffen zu haben.

Gott fragte die Kreatur: »Wer bist du und woher kommst du?«

»Woher soll ich das denn wissen?«, erwiderte die Kreatur.

Gott dachte lange nach, bis ihm wieder einfiel, dass er im

Gehen gespuckt hatte, so wurde der Mensch aus seinem Speichel geboren.

42. Tränen

An jenem Abend legte sich Gondas, als er seinem Sohn alles gesagt hatte, was er ihm hatte sagen wollen, und ihm alle Geschichten erzählt hatte, ruhig schlafen, während Bentis noch am Feuer sitzen blieb. Er saß eine Weile da, wartete, bis es richtig dunkel wurde, packte leise seine Sachen, nahm sich ein Pferd, es waren so viele, dass es niemandem auffallen würde, sie kannten ihre Zahl nicht einmal selbst, und ritt in aller Ruhe davon. Er hatte genug vom Vater mit seinen dummen Geschichten, er hatte es satt, wer weiß wo zu leben, wo es doch Städte wie diese gab.

Er ritt bis nach Carnuntum – sein Vater hatte ihm gut beigebracht, sich am Polarstern zu orientieren, er ritt ohne Umwege zur Stadt, ließ das Pferd am Tor frei, soll es doch davontraben, wohin immer es will. Auch er würde das, warum denn nicht?

Er schlenderte herum, schaute sich um, es gab genug zu sehen. Die erste Nacht verbrachte er auf der Straße, auch die nächste, wen überrascht's, Obdachlose gab es hier in rauen Mengen, furchtbar kalt, er würde sicher krank, am Morgen lag Nebel. Wie hätte er auch Schlaf finden sollen, die Mücken stachen, rundum Lärm, bald prügelte sich einer, bald schrie einer wie am Spieß, den man ausgeraubt hatte, dazu das unaufhörliche Klappern der Fuhrwerke, die den Geschäften, Werkstätten und Thermen Waren lieferten, und die Flüche der Fuhrleute. Am Morgen stand er auf wie ein Gespenst, nicht nur ohne Schlaf, sondern auch voller Dreck.

Als er Hunger verspürte, versuchte er dem Bäcker ein wenig Brot zu stehlen, aber da bekam er eine solche Tracht

Prügel verpasst, dass ihn ein blauer Striemen noch lange daran erinnerte, der schlängelte sich über seinen Rücken wie der Fluss bei seinem Zuhause, das er, so das Schicksal will, nie wiedersehen müsste. Das Geräusch von Hieben ließ ihn zusammenfahren, nichts Schlimmes, ein Metzger zerhackte Fleisch – rundum hingen an Haken noch blutige, mit Fliegen übersäte Kadaver, Schweineköpfe, selbst die sahen für den Hungrigen köstlich aus.

Tagsüber herrschte hier ein schrecklicher Lärm, Menschenmassen drängten sich in den Straßen, Müll und Dreck überall, ›pass auf, dass du nicht hineintrittst!‹ Die Häuser von unbeschreiblicher Größe, je sechs Fensterreihen, eine über der anderen. Er trat ein und sah sich um, spazierte über die Treppe, so etwas hatte er noch nie gesehen, er sah sich erneut um, Armut und Gestank.

›Dafür bin ich nicht hergekommen‹, dachte sich Bentis. Er ging immer weiter, durch die Straßen, es wurde nicht besser. Er überlegte, was er tun sollte, schließlich heftete er sich einem reichen Herrn mit Gefolge an die Fersen – ›mal sehen, wohin er geht.‹ Der Herr schritt hocherhobenen Hauptes einher, Bentis folgte ihm, beförderte den Müll mit Tritten in den Straßengraben. Die Häuser wurden immer größer und schöner, der Herr bog zu einem davon ab, Bentis hinterher, aber weit gefehlt, so einen Streuner ließen die Wachen nicht einmal in seine Nähe, die Bettler waren ein ewiges Problem.

›So darf das nicht enden‹, dachte Bentis, ›ich habe meinen Vater getäuscht, ihn sogar bestohlen, was sind da schon diese Wachen?‹ Er ging um das Haus herum, rieb sich das Gesicht und auch die Hände mit Schnee ab, so sah er einem Menschen schon viel ähnlicher, packte eine Kiste vom Wagen und trug sie zusammen mit den anderen Arbeitern hinein. Niemand sagte etwas: »Trag das doch, wenn du das möchtest.« Die Kiste war schwer, Bentis konnte sie kaum schleppen, er war keine Knochenarbeit gewohnt. Sie durchquerten den Korridor, stapelten sie fein säuberlich in Reihen in einem dunklen Raum auf, wandten sich um und gingen wieder. Bentis setzte sich hinter die Kisten, kauerte sich hin und wartete. Vielleicht hatte es ja jemand gesehen, aber es interessierte hier keinen, sie waren zum Arbeiten hier, nicht, um Ratten zu fangen.

In der Abenddämmerung kam Bentis hervor, huschte so leise er konnte durch den langen Korridor, die Kerzen flackerten kaum mehr, spendeten nur noch wenig Licht, die Sklaven schliefen zusammengerollt an den Seiten. Er betrat einen Raum, dann den nächsten, überall flatterten herunterhängende Stoffe, sowohl an den Fenstern als auch in der Mitte des Raumes anstelle einer Wand. Bentis befingerte sie, weiches Material, es drehte sich an Ort, faltete sich ein und wieder auf. Er spielte damit, bis er genug davon hatte, sah sich im Dunkeln um, es gab sicher noch etwas zu entdecken. Truhen, riesig, schon interessanter, er öffnete eine, dann eine andere – lauter Kleidung. Er würde später wiederkommen und etwas Passenderes für sich auswählen.

Oh Göttermutter, da standen zwei in der Mitte des Raumes und starrten ihn an! Bentis drückte das Messer in seiner Hand fester zusammen und wartete ganz starr. Auch die anderen warteten. ›Ich greife zuerst an‹, dachte Bentis, ›schlimmer kann es nicht werden.‹ Er ging langsam näher, die Menschen machten keinen Wank. Wer weiß, ob es Männer oder Frauen waren, sie trugen hier alle Togen, tagsüber konnte man es an den Farben erkennen, die der Frauenkleider leuchteten, aber nachts – keine Chance.

›Vielleicht schlafen sie, dass sie so ruhig sind‹, dachte Bentis und trat noch näher. Aus Stein. Menschen aus Stein. ›Oh Göttermutter, was ist nur mit ihnen passiert, warum sind sie hier?‹ Er wischte sich den Schweiß ab, ein Schwächeanfall kündigte sich an, er wusste gar nicht mehr, wann er das letzte Mal etwas gegessen hatte.

Er stand eine Weile so da, fasste sich wieder, die Beine zitterten, er schlurfte in andere Zimmer. Die Augen hatten sich an die Dunkelheit gewöhnt, er sah immer besser. Erneut Truhen, diesmal aus Metall. ›Da ist sicher Geld drin‹, dachte Bentis, rüttelte am Deckel, was hatte er sich denn gedacht, fest verschlossen. Warum schützten sie ihre Lumpen nicht auch so?

Da stand wieder ein Mann, diesmal allein. Nicht der Rede wert, dachte Bentis bei sich, ihr täuscht mich kein zweites Mal, solche wie dich habe ich schon gesehen, ihr tut nur so, als wärt ihr echt. Aber dieser sagte etwas und kam näher, Bentis rannte los, schaute sich um, sah etwas wie einen Wald im Dunkeln, das konnte nicht sein, sicher auch ein Trugbild, da war die Tür, Bentis lief darauf zu und prallte gegen eine Wand. ›Oh Göttermutter, auch die Tür ist nur aufgemalt, eine Geisterwelt, lauter Täuschungen!‹

Der Mann war so bullig und groß, dass Bentis ihm nicht einmal bis zur Brust reichte, und schwarz, kaum zu sehen im Dunkeln, er packte ihn am Nacken und setzte ihn neben sich, Bentis konnte nicht einmal mehr an sein Messer denken, er duckte sich und wartete ab.

Er musste eingeschlafen sein, es war schon ganz hell, ein Mann zerrte ihn durch den Korridor, schob ihn in ein luxuriöses Zimmer, mit Ledermöbeln, dort saß ein Herr, dick, aufgedunsen, paffte ganz ruhig, überall Rauch, ein süßlicher Geruch, Bentis befürchtete, er müsse sich gleich übergeben.

Der Herr sagte etwas zum Mann und auch etwas zu Bentis – der Mann erwiderte etwas, Bentis schwieg. Der Herr sagte noch etwas zum Mann, jener packte Bentis am Nacken und zerrte ihn hinaus. Bentis wehrte sich, schmutziger Schweiß lief ihm über den Rücken. ›Ich habe meinen Vater betrogen, ja sogar ausgeraubt, also werde ich auch diesen Herrn übers Ohr hauen‹, dachte Bentis.

›Nichts auf den Rippen, kränklich, weiße Hände, kein

Bettler, die Augen künden von Klugheit‹, dachte der Herr, ›er ist zu den Truhen mit den Juwelen gegangen, gar nicht dumm, also mag er das Geld auch‹, dachte der Herr, ›er spricht nicht, nun denn, wir werden es ihm schon beibringen, so wie es sich gehört‹, dachte der Herr, ›ich werde ihn für mich behalten, wenn nichts dabei herauskommt, kann ich ihn immer noch verkaufen.‹

Der Herr sagte etwas zum Mann, jener ließ Bentis frei.

Bentis rieb sich den Nacken und setzte sich auf den Stuhl, auf den der Herr mit dem Finger zeigte.

VII.
ETA
oder
ANWAR AL FARKADAIN
IM KLEINEN BÄREN

Ursprünglich hieß ein anderer Stern im Kleinen Bären, nämlich Beta (Kochab), Anwar Al Farkadain, später ging der Name auf Eta über. Er bedeutet »das hellere der beiden Kälber«, was nicht den Tatsachen entspricht, denn Eta ist dunkler als Zeta (der von Gamma oder Pherkad den Namen Alifa Al Farkadain »das dunklere der beiden Kälber« übernahm).

Eta Ursae Minoris ist ein Zwergstern und 97 Lichtjahre von der Erde entfernt. In physikalischer Hinsicht ähnelt er der Sonne, weist aber die 1,41-fache Masse auf und leuchtet 7,4-mal heller. Er dreht sich mit einer Geschwindigkeit von 76 Kilometern pro Sekunde um die eigene Achse und braucht 1,4 Tage für einen Umlauf. Der Stern ist von heißen, radioaktiven Gasen umgeben.

43. Tränen

Gondas machte sich erneut bereit für die lange Reise, diesmal mit noch mehr Leuten. Die Lager am Weg ins Reich, die sich allmählich zu großen Siedlungen entwickelt hatten, brauchten neue Einwohner, während es hier zu viele waren. Junge Familien, mit oder ohne Kinder, Schmiede, die wussten, wie man Häuser baute oder andere Arbeiten verrichtete, und starke Männer als Wachen beluden die Wagen. Hier waren die besseren Plätze bereits belegt, wer Ambitionen hegte, baute besser dort. Gondas hatte Listen mit dem Bedarf jedes Lagers zusammengestellt, und sich Gedanken gemacht, wen er gehen lassen konnte und wer hier mehr gebraucht wurde.

Auch Selija wollte umziehen. Sie würde fortgehen – »mach, was du willst.«

»Wer wirst du denn dort sein, Selija?«, fragte sie Gondas. »Sie haben ihre eigenen Anführer samt Frauen.«

›Mir reicht es, ein Mensch zu sein‹, dachte Selija bei sich.

Sie lud die besten Sachen auf, Schmuck, sie würde den Wagen allein beladen.

»Die Zeit dafür ist doch vorbei, Selija«, sagte Gondas, »du wirst unterwegs sicher noch krank.«

›Auch für dich ist die Zeit schon vorbei‹, dachte Selija, ›du bist doch schon in der ganzen Welt herumgekommen‹, aber sie sagte nichts, er war ein Mann, und für die war alles anders.

»Wie willst du denn dort leben?«, fragte Gondas. »Du warst doch noch nie weg.«

›Hier war ich‹, dachte Selija, ›aber habe ich denn etwas davon?‹

Gondas hatte Angst, wie sollte er auch keine haben, seine Frau war verrückt geworden, aber er zeigte sie nicht. Er gab Selija ein Säckchen voll Geld für den Anfang und würde ihr, wenn er vorbeischaute, wieder welches bringen. Er wählte die besten Diener aus, ein paar Männer als ständige Wachen für sie, dieser Spaß würde ihn teuer zu stehen kommen, aber sollte sie doch fahren und ihm Schande bereiten.

Selija ließ das kalt, sie lächelte, das Haar wunderschön geflochten, festlich gekleidet, das konnte ja nicht schaden. Wer etwas haben will, muss handeln. Der erste Schritt war getan. Selija saß auf dem Wagenrand und wartete, obwohl es erst morgen losgehen sollte. Aber wozu zu Hause herumhocken, vor ihr lag ein Weg, ein neues Leben, etwas ganz anderes als hier, in diesem Morast, hier konnte sie verrotten, ohne es zu merken, dort aber würde alles anders sein, ein Neuanfang, neue Menschen, neue Dinge, neue Träume.

Sie würde ein Haus kaufen, ein großes, an bester Lage, ihre Pelze ausbreiten, die Truhen mit Kleidern und Kostbarkeiten füllen. Es wird niemanden mehr geben, nur sie allein, sie würde gehen, wohin immer sie will, kein Danke, kein Bitte, kein Kirnis, der sich dauernd in ihrer Nähe herumtrieb, keine Alte mit ihren Kräutern, keine Glesum, keine scheußlichen kleinen Gören. Sie wäre allein wie eine Linde mitten auf der Wiese, die Sonne wärmte sie, der Wind streichelte sie, die Blätter fielen selbst im Herbst nicht, es reichte, wenn sie schon abgefallen wären, dort würde alles besser.

Sie würde nur die besten Kleider tragen, den luxuriösesten Schmuck, sollten sie sie ruhig anstarren, es ruhig sehen, die Frau des Anführers beneiden. Dort würde es keine Tränen geben, keinen Gondas, er würde ihr nicht bei jeder Gelegenheit seine Geschenke hinstrecken, seine schmutzigen Lumpen nicht überall liegen lassen, ihr nicht dauernd todmüde vor Augen sitzen: »Gib mir dies, gib mir das, mir egal, das wäre nicht mehr mein Problem.«

›Warum soll ich hier bleiben, wo es nichts mehr gibt‹, dachte Selija, ›Gondas reist in der Weltgeschichte herum, seht nur, wie glücklich er ist, und auch Bentis reist.‹ Oh Göttermutter, Bentis! Was wäre, wenn er heimkehrt und sie nicht findet? Er käme traurig und müde nach Hause, doch seine Mutter wäre nicht da! Wie sollte er auch alleine hier zurechtkommen? Jemand müsste ihm doch zu essen geben, ihn trösten, seine Tränen abwischen, ihn waschen, er war doch noch ein Kind mit einer Mutter, aber die hätte sich nach Lust und Laune wer weiß wohin verdrückt. Wozu? Wer weiß das schon, sie hatte Flausen im Kopf und wollte weg von hier, war nicht zu bremsen, also stieg sie auf den Wagen – »und auf, lebt wohl, ihr alle, leb wohl, mein Kind.« Bentis würde sich auf die Suche machen, laut nach ihr rufen, aber wo sollte er sie denn finden, wie herbeirufen, nur warme Luft in allen vier Himmelsrichtungen.

Selija war wie vom Blitz getroffen. Keine Mutter, nein, ein Monster, hatte Lust auf ein neues Leben, für sich und nur für sich, »mir geht es hier so schlecht, mir geht es hier miserabel« – und dem Kind? Was hatte das Kind von ihren Wünschen?

Sie sprang vom Wagenrand, verjagte die Diener, schleppte die Sachen einzeln zurück ins Haus, während Gondas das Geschehen beobachtete. Sie trug alles eigenhändig zurück, Gondas wollte ihr helfen, aber wo denkst du hin, sie jagte ihn wütend weg. Auch die Truhen, selbst die schob sie vom Wagen, schleifte sie über den Boden, pflügte damit das Gras, doch wehe, es kam ihr jemand zu nahe.

Am Morgen war der Wagen leer, die Sachen standen wieder an ihrem angestammten Platz, nur den Geldbeutel hatte sie Gondas nicht zurückgegeben, wahrscheinlich hatte sie ihn irgendwo zwischen die vielen Sachen geworfen, die Pferde waren ausgespannt, die Träume begraben, und Selija ging in aller Ruhe schlafen, sie stand nicht einmal auf, um Gondas zu verabschieden.

44. Blut

Wer aufbrach, lachte, lief noch schnell zurück, um zu holen, was er vergessen hatte, wer daheimblieb, weinte, setzte die

Kinder auf die Wagen, jene waren glücklich, sie machten sich keine Gedanken über den Weg, über den Staub, sie wollten unbedingt fahren, ließen die Beine baumeln. Kirnis stand da und sprach mit einem Pferd. Nichts Weltbewegendes, das erwartet uns alle.

›Wo wohl jetzt Bentis ist‹, dachte Gondas, ›nicht dass ich es schade fände, dass er weg ist, mit dem Rauch des Feuers entwichen, aber ich würde dennoch gern wissen, ob ihn vielleicht die Germanen erwischt haben, als er um das Lager herumstrich, was kann man von ihm denn anderes erwarten, er bringt ja nur Ärger. Ich habe ihn am Feuer sitzen lassen, ich hätte ihn ins Bett schicken sollen, mein Fehler, Selija rastet immer aus, wenn es darum geht, jemandem die Schuld in die Schuhe zu schieben, es trifft immer mich.

Alles nur, weil wir Jagaubis nicht richtig begraben haben‹, dachte Gondas, ›warum nur musste alles so schnell gehen, einen Anführer begräbt man nicht so. Als sein Vater starb, war Gondas noch ganz jung, doch er erinnerte sich noch an seine Beerdigung. Er war verwundet nach Hause gekommen, hustete den ganzen Winter hindurch und starb Anfang Februar. Die Alte mit den Wolfsbissen am Bein hieß die Handwerker einen hölzernen Sarg zimmern, bedeckte den Boden mit einer Schicht Binsen und legte ein Wolltuch darauf. Tuch und Binsen schmierte sie so lange mit Leim aus den besten Tierknochen ein, bis alle Schichten gut durchtränkt waren. Dann wurde der Vater hineingelegt und zugedeckt, damit der Tote so lange aufgebahrt daliegen konnte, wie es sich gehörte, und dann warteten wir mehrere Monate auf die Festtage; Stammesführer beerdigt man nicht an einem x-beliebigen Tag.

In dieser Zeit kamen immer wieder Leute, um sich vom Anführer zu verabschieden, auch Gondas ging hin. Die Kunde verbreitete sich bis in die fernsten Gegenden, alte Freunde und alte Feinde kamen angefahren, sogar aus anderen Ländern, und sprachen ihre letzten Worte, sie saßen beieinander, erinnerten sich an alte Zeiten, stritten und versöhnten sich.

Er wurde am Tag der Frühlingstagundnachtgleiche mit den allerschönsten Zeremonien begraben, so war das, so macht man das. Ich aber befahl Jagaubis sofort zu begraben, ohne zu warten, was war er denn für ein Herrscher, ein Stück Dreck war er, doch Kostbarkeiten gab ich in sein Grab, Geld, ich ließ ihn zurechtmachen, ein ewiges Zuhause bereiten, er war doch ein Mensch; aber nein, nicht gut, die Göttermutter geriet in Zorn, nahm Bentis zu sich, dann nimm ihn doch, ich werde nur wenige Tränen vergießen, nur würde ich gern wissen, wohin er verschwunden ist. Vielleicht ist er ja in einen Brunnen gefallen, die Brunnen überprüften wir nicht, vielleicht haben ihn die Wölfe gefressen, er konnte doch nicht einmal den Speer richtig halten, war schwach, kränklich, die Hände weiß, nur seine Augen waren schlau; vielleicht hat er sich auch selbst die Kehle durchgeschnitten, falls er noch mehr gestohlen hatte, oder ist er bei einer Frau hängengeblieben, vielleicht ist er im Schnee erfroren, wer weiß das jetzt schon, er ist ein echter Lump, machte nur Ärger, Selija ist völlig zur Bestie geworden.

Vielleicht habe ich ihn im Schlaf erdrosselt‹, dachte Gondas, die Wut packte ihn, Blut rann aus seiner Nase, Gondas wischte es mit dem Ärmel ab; ›noch schöner, ich bin ein Weichling geworden‹, er wandte sich von den Menschen ab.

»Siehst du das?«, sagte er zum Pferd

45. Met

Woran auch immer, aber an Gastmählern mangelte im Haus seines Herrn keineswegs, kein Fest, ja nicht einmal der geringste Anlass war nötig, der Wunsch allein reichte aus – bitte, da habt ihr's, jeder stellte hier seinen Reichtum zur Schau, lud wichtige Leute ein, die setzten sich auf ihre Tragen, und ihre Diener trugen sie so herbei. Nicht der Rede wert, sie erholten sich beim Mahl, sahen sich neugierig um, aßen und tranken und unterhielten sich, als hätten sie seit einem Monat nicht mehr miteinander geredet.

Bentis' Aufgabe bestand darin, die Gäste an der Tür zu begrüßen und sie in die Atrien zu begleiten. Der Sklave öffnete die Tür, die Diener brachten die Herrschaften samt Tragen herein, stellten sie am Rand ab, und die Herren stiegen mit den größten Zeremonien von den Tragen, schritten über nur für sie ausgelegten Teppiche.

Bentis fand das lustig, war aber zugleich auch eifersüchtig. ›Eines Tages wird man auch mich so tragen‹, dachte Bentis, ›und ich werde keinen Schritt ohne Teppich machen, wenn ein Herr, dann ein richtiger, mein Vater wird ganz erstaunt sein, wenn er mich eines Tages so sieht.‹ Mit prüfendem Blick stellte er fest, welche Frau hübscher, welcher Mann reicher sei. ›Wenn Bentis sein Herr nicht gefällt, dann ziehe ich eben zu einem anderem weiter, wozu warten, wenn der Erfolg anderswo ist.‹

Die Gäste zogen die Servietten hervor, falteten sie auf, setzten sich auf den Boden. Die Sklaven eilten herbei, wuschen ihre Füße mit Duftwasser. Bentis schaute sich bald fasziniert um, bald rannte er zum Eingang, um neue Gäste in Empfang zu nehmen und sie durch die allerlängsten Korridore zum Triclinium, dem Speisesaal in einem eigenen Gebäude hinten im Garten zu führen, in dem der Hausherr zum Gastmahl lud, auf solchem Wege, dass sie all die Kostbarkeiten und den Luxus begutachten konnten. Der Major Domus begleitete sie und erläuterte kurz, wo was sei, als wüssten die Gäste nicht selbst, dass eine Schatztruhe eine Schatztruhe ist.

Das Triclinium war mit Blumengirlanden geschmückt, die den darunter Hindurchgehenden über den Kopf strichen. Bentis konnte den Blick nicht vom jungen Mädchen am Brunnen lösen und wäre beinahe auf den mit Gläsern und Geschirr reich gedeckten Tisch gefallen. Sie war wunderschön, hatte braune Augen, braune Locken, sah Bentis an, wie sollte sie auch nicht, wo er doch so groß und muskulös war und wie die Marmorstatue eines griechischen Helden dastand. Das Mädchen lächelte, Bentis tat es ihr gleich – eine Glückssträhne ist eine Glückssträhne, man bekommt, was man verdient.

Die Gäste lagen auf den Speisesofas und stopften sich mit der freien Hand Essen in den Mund, ihre Perücken waren mit Edelsteinen besetzt, zur Seite verrutscht, Musikanten spielten auf Instrumenten, die er noch nie gesehen hatte, leise Melodien, trugen Lobeshymnen auf die Gastgeber vor, das Parfüm gab sich vergeblich Mühe, den Schweißgeruch in den Hintergrund zu drängen, die Sklaven eilten immer wieder herbei und wuschen die Hände, trockneten sie, trugen beständig auf riesigen Tabletts Essen herein, mit Honig gemischten Wein, die Herren rülpsten, polkten mit silbernen Zahnstochern in ihren Zähnen herum.

Bentis begriff die Reihenfolge nicht, einige Gerichte hatte er noch nie zu Gesicht bekommen, Fleisch, Fisch und Geflügel – das kannte er, aber die mit den Zangen, mit der Schale, die hatte er noch nicht einmal probiert, wer würde auch einem Sklaven davon geben; er schlich sich leise in die Küche, wo die Schüsseln mit den Essensresten standen und kostete von allem, worauf er Lust hatte – schließlich rumorte sogar sein Magen. Die Nacht brach herein, aber das Gelage würde noch wenigstens ein paar Stunden weitergehen, es blieb noch genug Zeit, bis er die Gäste verabschieden musste; Lachen und Geplauder wurden immer lauter, er kehrte ins Triclinium zurück, dort führten Akrobaten ihre Kunststücke vor, die Gäste waren begeistert, dann erschienen Tänzerinnen und drehten sich zur Musik im Kreis.

Tagsüber half Bentis dem Herrn, wo immer erforderlich, er verirrte sich jetzt nicht mehr in der Stadt, überbrachte Briefe, erledigte Botengänge, er konnte sich schon leidlich in Latein unterhalten, begleitete den Herrn zu wichtigen Besprechungen, trug die Wachstafeln für Notizen. Wenn sein Herr allein unterwegs war, verbrachte Bentis seine Tage in dessen Arbeitszimmer, machte sich Notizen, versuchte Wörter und Berechnungen zu verstehen, gut, dass sein Vater ihm schon zu Hause einiges beigebracht hatte; die Tage vergingen schnell, sein Herr mochte Bentis, er gab ihm hübsche Kleidung und sogar ein silbernes Armband.

Auch an jenem Tag stöberte Bentis in den Schubladen herum und träumte dabei von wer weiß was, aber dann hörte er seinen Herrn nicht nach Hause kommen, jener öffnete die Tür und schrie los, als hätte er einen Geist gesehen, Bentis hörte, wie er die Wachen hieß, ihn hinauszuwerfen, doch er wusste nicht, ob nur aus dem Büro oder aus dem Haus. ›Wirf mich ruhig hinaus‹, dachte Bentis bei sich, ›du wirst es bereuen, wo willst du denn einen anderen wie mich hernehmen, sowohl gutaussehend als auch klug, dann kannst du dich mit deinen Tollpatschen herumschlagen, die schon so lange hier leben und noch immer nichts taugen.‹ Genau das würde er ja auch zu seinem Herrn sagen, aber dafür reichte sein Latein nicht ganz aus, da war der Hund begraben.

Sein Herr begriff selbst, dass er überreagiert hatte, ließ Bentis zurückbringen, hielt eine unendlich lange Ansprache, wer konnte denn so einen Wortschwall verstehen, vergoss sogar eine Träne, Bentis nickte nur beipflichtend: »Alles in Ordnung, ich werde vergessen, was passiert ist, und wenn du noch ein paar Geschenke hinzufügst, werde ich dir noch mehr verzeihen, genug des Schauspiels, lass mich endlich in Ruhe gehen.«

Von diesem Tag an erlaubte ihm der Herr, all seine Papiere durchzusehen, er gab ihm sogar einen Lehrer, einen alten Griechen, der alles erklärte. Natürlich kommandierte er Bentis herum wie zuvor, Sklave ist Sklave, schickte ihn, wohin immer er gerade Lust hatte, und auch die Herren musste er noch herumführen, als ob er nichts Besseres könnte. Bentis schwieg, wartete, klärte alles für sich, er würde es brauchen, wenn er selbständig wäre.

›Ich werde Handel treiben wie mein Vater‹, dachte Bentis bei sich, ›ich werde nach China reisen für Seide oder nach Nordafrika für Öl, meine eigenen Straßen bauen, meine eigenen Leute haben wie mein Vater, ich werde hier so viel Geld verdienen mit dem Warenverkauf, dass ich nicht mehr weiß, wohin damit, wie jene Herrschaften, die zu meinem Herrn kommen, und auch sein Herr selbst, er kauft wer weiß was zusammen, Löwen, Tiger oder andere wilde Tiere für die Kämpfe, das stelle man sich einmal vor. Vielleicht werde ich ja genau das auch tun‹, dachte Bentis, ›wer weiß, welcher Richtung sich der Verstand, welcher Seite sich die vollen Taschen zuneigen.‹

Bentis stand da und träumte – aber einfach in aller Ruhe träumen, das ging nicht, das Mädchen lächelte und zeigte auf etwas. Bentis schaute in die angedeutete Richtung, da war nichts, ein Park, nicht mehr. Das Mädchen ging dorthin, Bentis folgte ihr, das Mädchen verschwand in den Rosen, Bentis auch, Dämmerlicht, er beeilte sich, sie nicht zu verlieren, das Mädchen zog sich aus, Bentis tat es ihr nach, obwohl er nicht ganz wusste, wie, macht nichts, das Mädchen würde es ihm schon zeigen.

46. Milch

Glesum saß da, das Mädchen auf den Knien, so klein, so blass, »Sie braucht Sonne«, sagte die Alte – ›Das weiß ich selbst, wo soll ich denn im Winter Sonne hernehmen, es gibt keine.‹ – »Das ist alles, sie braucht Liebe«, sagte die Alte – ›Das weiß ich selbst, ich habe davon, so viel ich eben habe.‹ Die Kleine zog Glesum an den Haaren, flüsterte ihr etwas ins Ohr: ›Wie soll ich ihr das Sprechen beibringen, wenn ich nicht weiß, wie man spricht? Ich kann nichts, ich bin ein Niemand, ein Niemand mit einem Kind auf dem Arm.

Bentis ist weg, meine Schuld‹, dachte Glesum. ›Hätten sie mich nicht im Wald herumstreifend erwischt, nicht nach Aquileia gebracht, hätten andere mich nicht von dort wieder entführt und zurückgebracht, wäre alles anders gekommen. Gondas hätte Bentis nicht auf die Reise mitgenommen, hätte ihn beschützt – meinetwegen hatte er keine Zeit, ich bin schuld, Selija hätte ein Kind, jetzt habe ich eins, wie ungerecht, ein wirres Durcheinander, meine Schuld, ich bringe nur Unglück; mein Haar, sie packen mich immer wieder daran und schleppen mich fort, das verheißt nichts Gutes.

Ich habe ja versucht, mich nicht mitzerren zu lassen, allem aus dem Weg zu gehen, auch als man mich hierher brachte, lief ich weg, aber diese verfluchte Alte schleppte mich zurück, als gehörte ich ihr, was soll ich denn machen, schwach wie ein Küken, ich bin nicht eigentlich krank, aber schlapp, ich würde Gondas bitten, Bentis zu finden, nur bitten, für Selija, vielleicht würde er ja auf mich hören, aber ich kann ja nicht reden, öffne den Mund, aber es kommt kein Ton heraus, Luft, ein Niemand, und hat auch noch Bitten. ›Halt den Mund und steck deine Nase nicht in fremde Angelegenheiten, du hast uns schon zu viel Ärger gemacht, selbst die Göttermutter weiß nicht mehr, was sie tun soll.‹

Die Kleine ist krank, meine Schuld, was ich getan habe, verdirbt allen anderen das Leben wie ein Zauber, warum nur habe ich sie zu mir genommen, wenn ich sie nicht zu behüten weiß, ich hätte sie wärmer anziehen, besser füttern, nicht nach draußen gehen oder mehr rauslassen sollen, ich hätte sie nicht nehmen sollen, was heißt das schon, dass das Schicksal sie zu mir gebracht hat, ich hätte sie einer anderen übergeben sollen, vielleicht wäre jene eine bessere Mutter gewesen, vielleicht Selija, sie hätte sich sicher gut um sie gekümmert, sie hätte nicht zugelassen, dass das Mädchen so schwach wird, sie hätte sie mehr geliebt.

Alles wäre von Anfang an anders gewesen. Selija wäre zur Kleinen geeilt, hätte sie aufgehoben und in die Arme genommen, kaum gefunden, selbst schlafend, selbst wenn sie sie hätte aufwecken müssen, sie hätte sie fest umarmt, aber mit Vorsicht, um sie nicht zu erdrücken, sie am ganzen Körper, ihre Augen geküsst, ihren Kopf gestreichelt, sie aus den Leinen gewickelt, ihr Bäuchlein berührt, so klitzeklein, gehorcht, wie schön ihr Herz schlägt, die Beinchen hin und her bewegt, dann gewaschen, getrocknet, immer wieder geküsst, hätte ihr Glück nicht fassen können, das kleine Mädchen gewiegt, nicht aus den Armen gelassen, Lieder vorgesungen, wie sie es zuvor für Bentis getan hatte.

Aber jetzt ist alles anders, die Kleine ist bei mir und Bentis weg, verschwunden, als hätte er nie existiert, alles kaputt, meinetwegen, alles meine Schuld, ich habe nichts bewahrt, ich bin von klein auf so. Das sagte schon mein Vater, seit jener Nacht, als man die Frau zu uns brachte, ein Alptraum. Die Männer waren angegriffen worden und verletzt, zerschnitten, zerhackt zurückgekehrt, mein Vater rückte tagelang Knochen zurecht, verband ihre Wunden, kein Ende in Sicht. Überall Blut, wir holten noch mehr Frauen, die uns beim Waschen der Verbände und Betten halfen, es roch ekelhaft süßlich, die Schwerverletzten verrotteten langsam in der Sonne, wenn Vater Zeit hatte, ließ er die Toten wegbringen, um den Weg freizuhalten.

Für die Frauen war das zu viel, sie übergaben sich im Gebüsch, ich nicht, warum sollte ich erbrechen, ich ging mit Wasserkrügen von einem zum anderen, gab dem einen zu trinken, benetzte dem anderen die Stirn, dann verband ich die Wunden, entfernte sorgfältig alle Würmer und trug die von Vater zubereiteten Salben auf, flößte ihnen Tee ein, die

Gesünderen gingen nach Hause, die Sterbenden zu umsorgen war sinnlos, die Männer stöhnten und ächzten einer nach dem anderen, riefen die eigene und die Göttermutter an, redeten in Zungen, fuchtelten mit den Armen, wenn sie gesunde hatten. Die mit den eingeschlagenen Köpfen waren ruhiger, wozu schreien, wozu sich hin- und herwerfen, alles entschieden, du kannst anrufen, wen du willst.

Dann brachten sie eine Frau herein, die seit Tagen bei einer Hebamme in den Wehen gelegen hatte, doch das Kind war noch nicht da, nicht einmal der Kopf guckte hervor. Ich hatte noch keine Geburt gesehen, der Vater schrie: ›Ist da ein Kopf?‹, ich sagte: ›Ja, da ist einer‹, der Vater brüllte erneut, der Kopf des Kindes, ich wusste nicht, wo dieses Kind war, ich wusste nicht, wo ich suchen sollte, ich weiß nie etwas, ich stand da und weinte, der Vater brüllte: ›Ist da ein Kopf?‹, die Hebamme schrie: ›Da ist keiner!‹, sie war hinterhergelaufen, völlig verwirrt, ›Wie viele Frauen wollen diese Kinder denn noch mit sich fortnehmen?‹, auch ich schrie, da wäre kein Kopf, die Hebamme zeigte mir, wo ich nachsehen musste, ich schaute erschrocken hin, ich hatte noch nie weibliche Organe gesehen, ekelhaft, da lief Blut über Haare, woher kamen denn da die Haare, die Frau atmete leise, sie bat um nichts, ich wusch ihr dennoch das Gesicht, legte ihr Eis auf wie den anderen, das war doch einerlei, wer dich tötet, die Germanen oder ein Kind, der Schmerz ist derselbe, ich wusste es nicht, ich hatte nie Schmerzen, auch du wirst welche haben, sagte mein Vater, wart nur, du wirst es schon noch erfahren.

Ich wartete, hielt die Hand der Frau, sie krallte sich mit aller Kraft an mir fest, als könnte ich sie in dieser Welt halten, und das tat ich, was weiß ich, ihre Nägel gruben sich in mein Fleisch, mein Vater schrie: ›Ist sie noch nicht gestorben?‹, was wusste ich denn, ich war noch so klein, stand am Bett, der Kopf kaum zu sehen, ich stellte mich auf einen Schemel, ich wusste es noch immer nicht, sie atmete noch, sah aber tot aus,

Vater schrie, die Hebamme sagte: ›Sie lebt‹, ich schrie: ›Sie lebt!‹, ich hätte noch brüllen können: ›Der Bauch wabbelt von Seite zu Seite‹, die Frau ließ meine Hand nicht los, die Hebamme lief im Kreis, Vater kam nicht, die Zeit stand still, die Frau öffnete die Augen, sie weinte, ich weinte auch, was weiß ich denn.

Vater kam, versuchte mich wegzuschieben: ›Stör mich nicht!‹, ich konnte nicht gehen, die Frau ließ mich nicht los, Vater gab ihr zu trinken, ich wusste, gleich würde sie einschlafen, Vater nahm ein Messer in die Hand, ich wusste nicht, was er schneiden würde, vielleicht die Hand, damit sie mich losließ, mich nicht mitzog, wahrscheinlich meine, das würde sicher weh tun, die Hebamme schaute zu, der Vater machte einen Schnitt in den Bauch, zog etwas hervor, etwas Blaues, es wand sich – ›Wie groß es doch ist‹, dachte ich, die Frau ließ die Hand los, ließ das Leben los, die Hebamme nahm etwas von Vater, beide schrien, Vater und noch jemand, ich wusste nicht, was es war, ich wusste nicht, was sagen, ich wusste nicht, was tun, die Frau ließ los, ich war so allein, niemand brauchte mich, nehmt auch mich, aber niemand brauchte mich.

Der Vater hieß mich zum Kind gehen, ich begriff nicht sofort, wohin, ich ging, das Kind wand sich, sah mürrisch drein, die Hebamme wusch es, es sah nicht mehr so ekelhaft aus, sie wickelte es, das Kind beruhigte sich ein wenig, war aber unglücklich, der Vater kam zurück, er musste sich um die Männer kümmern, er brachte die Frau zu den anderen Toten, die Hebamme schien irgendetwas zu bereuen, sie blieb ein paar Tage, das Kind sah gut aus, es trank Milch, schlief, hin und wieder schlief auch ich, Vater schrie: »Geh und kümmere dich um die Männer!«, ich ging hin, kehrte zum Kind zurück, trug es herum, bis es eines Tages in meinen Armen starb, friedlich, ohne Vorwarnung.

Mein Vater brüllte: ›Ich habe dir doch gesagt, du sollst aufpassen, du hast es alleingelassen, nicht gut genug behütet, du kannst aber auch gar nichts, was du in die Hände nimmst, das machst du kaputt, und das von klein auf‹, ich muss es nur anfassen, und schon stürzt alles lautlos zusammen, wenn ich wenigstens die Scherben aufheben würde, aber selbst das kann ich nicht.

47. Wasser

Wir mussten noch die Toten vor dem Winter besuchen. Alle kannten den Tag – seit dem frühen Morgen kochten und backten sie, Gerüche schwebten in der Luft, die Frauen wischten sich den Schweiß von der Stirn, die Männer plauderten, ein leichter Wind, so frostig, dass sich alle in ihre Pelze hüllten, in ihren Hütten aber verschwanden sie nicht, das war doch das letzte Fest vor dem Winter.

Auch Selija war fleißig zugange, Essen und Getränke standen schon bereit, sie machte sich hübsch, graues Haar, wie schnell das gegangen war, Falten um die Augen, ›da weißt du nie, wie viel Zeit dir noch bleibt, selbst als Frau des Anführers, alles, was geschieht, muss auch geschehen, du hast keine Wahl, du kannst nicht etwas anderes wollen, als du willst, keine Zufälle, jede Bewegung ruft die nächste hervor, wie ich geboren wurde, so werde ich auch sterben, die Göttermutter weiß alles im Voraus, nur sagt sie es nicht.‹

Um die Mittagszeit versammelten sich alle am Friedhof, auf dem gemeinsamen Platz, wo jede Familie ihr eigenes Feuer und einen Opferpfahl für Essen hatte. Sie brachten alles zubereitete Essen mit, legten einen Teil auf den Pfahl, aßen den Rest, stellten das leere Tongeschirr auf den Boden und ließen es da. Überall loderten die Feuer, es war warm, man gedachte der Toten und musterte die Lebenden.

Glesum und die Alte mit den Wolfsbissen am Bein standen

zusammen an einem Feuer, Glesum betete, sie wusste selbst nicht, wofür. ›Bei uns hat jedes Grab seine Feuerstelle und seinen Pfahl‹, dachte sie bei sich, ›da weißt du wenigstens, mit wem du redest, hier ist das so ein Durcheinander, wie kommen die hier überhaupt selbst draus?‹ Die Kleine lief herum, da hieß es aufpassen, dass sie nicht ins Feuer fiel, sonst würde sie im Nu wie ein Huhn gebraten, das hätte gerade noch gefehlt. Kirnis humpelte herum, mit Mühe, kümmerte sich mehr um einen Platz für sich als um die anderen, sah kaum mehr etwas, die Flammen versengten die Unterseite seines Pelzes, als er dem Feuer zu nahe kam, die Frauen schrien, was denkst du dir eigentlich dabei, du uralter Greis, die Männer versuchten ihn mit Wasser zu löschen, Kirnis brannte am anderen Feuer, die Männer hatten schon fast alles mitgebrachte Wasser verschüttet, er lief fluchend weiter, ein seltsamer Kauz, die Alte sang Gebete für alle, wer konnte, stimmte ein, Kirnis traktierte Töpfe mit Tritten, aber versuche mal einer, ihn nach Hause zu bringen, kein Wank, was immer du tust, nur sein angesengter Schuh klirrte.

Reden, der eine oder andere wischte eine Träne ab, ein Jahr war das, sogar der Anführer war gestorben, das kam nicht jedes Jahr vor, man lobte Jagaubis in den höchsten Tönen, seine Frau, seine Kinder, aber niemand erinnerte sich, wie viele es waren. Die Leute begannen zu streiten, fuchtelten mit den Händen herum, schrien, Selija sagte:

»Drei.«

»Zwei«, entgegnete Gondas.

Aber es gab auch welche, die zählten deren vier. Alle waren beschäftigt, besprachen wichtige Angelegenheiten, während sich ein seltsamer Gestank in der Luft ausbreitete. Oh Göttermutter, Kirnis brannte lichterloh mitten im Feuer, auf diese Idee musste man erst einmal kommen, er stand still da, wie ein Pfahl an einem Pfahl, kein Laut, nur das Knacken des Holzes.

Die Männer würden ihn ja herausziehen, aber sie kamen nicht durch die Flammen, sie riefen ihn freundlich, sie schimpften laut mit ihm, versuchten ihn mit Wasser zu löschen, spuckten, schlugen mit ihren Fellen auf die Flammen ein, auch die fingen Feuer, Funken flogen herum, die Kinder klatschten in die Hände, so schön war es noch nie gewesen, Kirnis stand wie ein Fels mitten in der Brandung des Feuers, komme, was wolle.

Die Alte mit den Wolfsbissen an einem Bein sah zu, beobachtete das Geschehen, bis sie die Geduld verlor.

»Raus da!«, sagte sie, und Kirnis stieg heraus.

Die Männer löschten die letzten Flämmchen, packten Kirnis und brachten ihn nach Hause, kamen in die Hütte, um sich zu verabschieden, Tag um Tag, es war schade um Kirnis, den uralten Greis, auf diese Idee musste man erst einmal kommen.

Und Kirnis hustete, seufzte und erholte sich, dann eilte er davon und suchte nach seinem Schuh, da habt ihr's, auch der zweite war im Feuer verbrannt, samt allen Glöckchen. Kirnis lachte, warum nicht, gibt es denn etwas Spaßigeres als das Leben?

48. Nebel

Gondas schaute sich in Carnuntum um, was es Gutes zu kaufen gab. Er nahm Silbergeschirr mit eingeritzten Mustern, das würde er Selija heimbringen, dann noch eine bunt gepünktelte Bronzeschale, und für Glesum Gläser, sie würde sie vermutlich nicht annehmen, ohne zu widersprechen, aber ich werde mich nicht umstimmen lassen, sie sollte auf mich hören, sie ist ja selbst so rein wie Glas. In die Gläser gab er Emaille- und Glasperlen, dann kann sie Schmuck für sich daraus fertigen lassen, und für Selija in die Kelche Münzen, sie sammelte nur solche mit Kaiserinnen darauf: Sabina, Faustina die Ältere und Lucilla, sie sortierte alle aus, die sie in den Geldsäckeln fand.

Er packte die Geschenke für beide ein, wickelte sie hübsch ein, jetzt fehlte nur noch etwas für das Mädchen. Er kaufte eine Puppe, ganz merkwürdig, aus Holz, mit Armen und Beinen, die sich bewegten, einem geschnitzten Gesicht und Haaren darauf. Wenn Selija sie zu Gesicht bekommt, wirft sie sie sicher ins Feuer, Bentis hatte er nie etwas mitgebracht, aber vielleicht sieht sie sie ja nicht, wenn ich sie vorsichtig hinbringe.

Für sich kaufte er ein römisches Kurzschwert, wer weiß, wozu er das brauchte, Waffen besaß er mehr als genug, aber er hatte ein Auge darauf geworfen, das reichte völlig. ›Wenn ich wieder daheim bin, zeige ich es Glesum, vielleicht gefällt es ihr ja. Er wird es gut vor Selija verstecken müssen, sonst zerbricht sie es – zack! – in zwei Teile, wenn sie es sieht, sie wird die Kraft dafür aufbringen, und wenn nicht, wird sie es mit einem Hammer zertrümmern oder schon wieder ins Feuer werfen, dann kann ich es pechschwarz herausziehen.‹

Am Nachmittag traf er sich mit örtlichen Händlern, sie feilschten und handelten aus, wer wie viel kaufen würde. ›Selija hatte mich geheißen, nach Bentis zu suchen, das tat ich, soweit meine Augen reichen, ich sah jeden hellhäutigen Menschen an, fragte nach, aber wie sollte ich in einem derartigen Durcheinander jemanden finden.

Ich hatte Glesum gefunden, das reichte.‹

49. Schnee

›Der Frühling kommt bald‹, dachte Selija, ›Zeit für den Frühjahrsputz. Sonst steigt die Sonne im Frühling immer höher und sagt, was ist nur mit dir los, Selija, alles so voller

Schmutz, wartest du nicht auf Wärme, neue Pflanzen, neue Schönheit, neues Leben?‹ Wie sollte sie sich der lieben Sonne so zeigen, sie musste aufräumen, ausmisten, die Tür für die neuen Winde weit aufmachen.

Den ganzen Tag über räumte sie die Hütte auf, putzte Ecken und Ränder, kratzte den Schmutz ab, entfernte die Spinnweben, schüttelte Staub und Milben aus dem Bettzeug, wusch die Kleider. Die Leute fragten sich schon, was nur mit Selija los sei in diesem Jahr, sie hatte doch das Haus nie selbst geputzt, sondern Frauen angestellt, und jetzt hatte sie sich emsig an die Arbeit gemacht, fuhrwerkte noch vor der Zeit herum, planschte im eiskalten Wasser, warum nur hatte sie es so eilig, warum hatte sie nicht auf eine anständige Wärme gewartet?

Aber Selija war das einerlei, sie wollte es – also musste es sein. Gondas zuckte mit den Schultern, nieste im aufgewirbelten Staub und schwieg, so glücklich hatte er Selija schon lange nicht mehr gesehen. Eine glückliche Frau ist ein Glück für alle um sie herum.

Selija räumte auf, wusch sich selbst, machte sich das Haar zurecht, hängte sich ihren Schmuck um, ein besonderer Tag, sie befingerte den Bernstein mit dem Blutfleck an ihrem Hals, zog sich ganz warm an.

Glesum kehrte zurück und sah Selija auf dem Heimweg von der Alten. Sie trug ein Fellbündel und ging in Richtung Wald. Im Fell bewegte sich etwas, schien zu fiepen. Oh Göttermutter, Selija trug ihr kleines Mädchen davon, verschwand schon zwischen den Bäumen, so weit weg. Glesum warf das Brennholz zu Boden, rannte Selija hinterher, sah, wie sie zwischen den Bäumen aufschimmerte, so schnell sie konnte durch den Schnee rannte, sich versteckte, wieder auftauchte. Glesum ihr hinterher, ihre Beine blieben im Schnee, stecken, so schwer, als wären sie aus Stein, ihr Herz klopfte, ›Selija, gib mir mein Kind zurück!‹

Selija eilte wie auf Flügeln davon, es ging ihr so gut, die Mütter sind so leicht übers Ohr zu hauen, du musst ihnen nur das Kind wegnehmen und schon folgen sie dir Hals über Kopf. Sie schüttelte das Fell, bewegte es hin und her und sauste dann weiter, voller Kraft, kein Druck ist besser als der des Hasses.

Sie versteckte sich hinter einem Baum, Glesum rannte im Kreis herum, lauf du ruhig weiter, dann wirst du schneller müde, sie tauchte wieder auf, versteckte sich erneut. Sie sah, dass Glesum keine Kraft mehr hatte, anhielt, Luft holte und weiterpreschte, kein Druck ist besser als die Liebe.

Selija war hier geboren, hier aufgewachsen, dieser Wald war ihr Zuhause. Hauptsache, sie erreichte den dichten Fichtenwald, wer dort hineingeriet und sich nicht auskannte, würde nie wieder herausfinden, schon viele hatten sich hier verirrt. Genauso wird auch Glesum ergehen, dachte Selija bei sich, sie ist noch so jung, so tollpatschig, noch Stroh statt Hirn, sie wird, ohne viel zu überlegen, ins Dickicht stürmen. Und Glesum stürmte wirklich hinein, sie sah, wie Selija zwischen den Tannen hindurchschlüpfte, sie sah sie von weitem, jetzt würde sie sie einholen, die Tannen hinderten Selija am Vorwärtskommen, sie würde ihr das kleine Mädchen abnehmen.

Im Tannenwald herrschte eine Dunkelheit wie in der Nacht, Glesum ging immer weiter, während Selija verschwand. Glesum setzte sich in den Schnee und blickte durch die Baumkronen zum Himmel, die Wolken schwebten vorbei und wünschten allen nur das Beste.

Selija verließ den Tannenwald auf der anderen Seite, sie ging, ohne sich auszuruhen, schnurstracks nach Hause, es dämmerte schon, sie würde noch selbst im Wald erfrieren. Dort angekommen, wickelte sie die Felle aus, glättete sie und legte sie an der Wand aus. In den Fellen war nichts – was hätte da auch sein können?

Kirnis hatte den Ofen gut geheizt, die Hütte war warm, es roch nach Rauch, die Kleine spielte fröhlich auf dem Lehmboden. Sie war ganz schwach, aber die Alte mit den Wolfsbissen an einem Bein gab ihr noch mehr von ihrer Medizin, noch einmal, sie lag ein paar Wochen darnieder und erholte sich dann allmählich wieder.

»Wird sie nicht sterben?«, fragte Kirnis.

»Wird sie nicht«, erwiderte die Alte, das Bein mit den Wolfsbissen schmerzte zustimmend.

Der Schnee lag so hoch, dass Glesum fast bis zum Knie einsank. Auch die Pelze, die sich um die muskulösen, mit Fellen umschnürten Beine flochten, störten beim Gehen. In einer Schulter der Frau klaffte eine tiefe Wunde, aus der ganz langsam Blut sickerte. Noch bevor die roten Tropfen den Boden erreichten, verschlang sie auch schon die blendende Weiße des Schnees.

Glesum war mutterseelenallein. Sie wusste, dass sich im Umkreis, den sie mit ihren Sinnen erfassen konnte, kein anderer Mensch befand. Sie hätte ihn sonst gewittert oder gehört.

Ihr Zuhause war weit weg. Sie wusste, in welcher Richtung sie gehen musste, konnte sich ausgezeichnet orientieren. Die anderen zu finden gehörte zu den Grundvoraussetzungen fürs Überleben, deshalb marschierte die Frau schon seit Tagen unbeirrbar nach Hause. Sie fühlte sich hungrig und erschöpft, doch sie durfte nicht anhalten. Schlaf hieß Tod.

Rundherum nichts auszumachen, nur Schnee, Schnee und nochmals Schnee. Und Wölfe. Noch kamen sie nicht gefährlich nahe, drehten nur in einigem Abstand ihre Runden um sie. Die Nüstern der Frau weiteten sich, sie schnupperte schweigend die Luft, erfüllt von Grausamkeit und dem Instinkt, um jeden Preis zu überleben.

Sie hatte keine Angst. Dieses Land war nie das ihre gewesen, hatte ihr niemals gehört. Ebenso wie ihr Leben.

Glesum wusste nicht, wie man trauert. Und auch nicht, wie man weint. Oder Erbarmen zeigt. Und auch nicht, wie man wartet oder hofft. Das Einzige, von dem sie etwas verstand, war zu kämpfen und zu leben. Sie konnte dem Wolf direkt in die Augen sehen, aus dem Atem und dem Herzklopfen schließen, wer stärker ist.

Die Wölfe kamen immer näher, schlichen sich mit immer mehr Mut an. Sie sah ihre großen grauen Körper. Leises Knurren und blendendes Weiß.

Glesum hob einen großen Knüppel vom Boden auf, drückte ihn fest in ihrer gesunden Hand zusammen, atmete aus und hieb mit aller Kraft auf den am nächsten bei ihr stehenden Wolf ein.

Es schneite immer stärker.

Sie hatte keine Angst. Dieses Land gehörte ihr nie, es gehörte ihr nie. Genauso wenig wie ihr Leben.

Die Wölfe begannen sich auf merkwürdige Weise umzusehen, hörten auf zu heulen, als wären sie festgefroren. Als Glesum sich umwandte, erblickte sie die Alte. Sie stand im Schnee, ganz ruhig, wie aus dem Nichts aufgetaucht, jung, voller Lebenskraft, aufrecht. Sie lächelte und wandte sich ab. Sie watete langsam durch den Schnee, wartete immer wieder, bis sie in der Ferne kaum mehr zu erkennen war.

Die Wölfe ließen von Glesum ab, das ganze Rudel preschte in Richtung der Alten davon.

Während Glesum davonrannte, hörte sie in der Ferne Knurren und wie jemand zerfleischt wurde.

Schneeflocken wirbelten durch die Luft, Schneeteilchen, die aus winzigen Eiskristallen bestehen.

Dieser Roman hätte nicht das Licht der Welt erblickt ohne die Bücher über die Ästier von Professor Eugenijus Jovaiša:

Aisčiai. Kilmė (Die Ästier. Herkunft), Vilnius: Edukologija, 2012,

Aisčiai. Raida (Die Ästier. Entwicklung), Vilnius: Edukologija, 2014,

Aisčiai. Lietuvių ir Lietuvos pradžia (Die Ästier. Der Anfang von Litauen und Litauen), Vilnius: Edukologija, 2016.

Ich bedanke mich herzlich bei Herrn Professor Jovaiša für sein Vertrauen/seinen Glauben.

Ich bitte all jene um Vergebung, deren Gräber wir geöffnet, über deren Leben wir getratscht haben. Ich hoffe, dass wir ihre ewige Ruhe nicht gestört haben und ihre Seelen in Frieden ruhen.

RASA AŠKINYTĖ, geb. 1973, hat in Vilnius Geschichte, Philosophie und Erziehungswissenschaften studiert und sich zusätzlich zur Psychotherapeutin ausbilden lassen. Sie arbeitet als Philosophielektorin, Schriftstellerin und Psychotherapeutin und hat bisher fünf Romane, ein Kinderbuch und zahlreiche Lehrbücher für Studenten und Schüler sowie wissenschaftliche Artikel und eine Monografie veröffentlicht. Ihr Roman »Glesum« stieß in Litauen nach seinem Erscheinen (2016) auf großes Interesse und ist kürzlich auch auf Lettisch und Koreanisch erschienen.

MARKUS RODUNER (geb. 1967 in der Schweiz) studierte Slavistik-Baltistik und historisch-vergleichende Sprachwissenschaft in Bern und übersetzt seit 2002 litauische, später auch lettische Literatur ins Deutsche, u. a. im Mitteldeutschen Verlag von Alvydas Šlepikas »Der Regengott und andere Erzählungen« und den Roman »Mein Name ist Marytė«, für den Autor und Übersetzer 2018 mit dem Förderpreis zum Georg-Dehio-Buchpreis ausgezeichnet wurden. Markus Roduner lebt und arbeitet als Lektor und freier Übersetzer in Vilnius und leitet seit 2021 den Hieronymus-Verlag des Litauischen Literaturübersetzerverbands.